나의
꿈
사용법

진정한 나를 마주하기 위한 꿈 인문학   고혜경 지음

나의
꿈
사용법

꿈은 마음을 보는 창이자 변화무쌍하고 복잡다단한 마음을 읽는 도구
입니다. 물론 꿈에 관한 일반적인 인식이 여전히 태몽이나 예지몽, 혹
은 길흉을 점치는 수단에 머물러 있는 게 현실이긴 하지요. 우리는 잠
자리에서 일어나 자연스레 꿈 이야기를 나누는 데 익숙하지 않으며 누구도
꿈을 소중하게 다루도록 배운 적이 없습니다. 그렇지만 밤마다 펼쳐지는
이상하고 야릇한 꿈 세계에 대한 호기심은 쉽게 사그라지지 않습니다.
왜 이런 꿈을 꾸었지? 좋은 꿈일까? 나쁜 꿈일까? 궁금증을 풀고 싶어도
막막하기만 합니다. 인터넷을 뒤적이거나 '꿈이 잘 맞다'는 용한 해몽가에게
물어보기도 하지만 이런 시도는 대개 기대에 미치지 못하는 결과를 낳을
뿐 아니라 꿈에 대한 순수한 호기심마저 좌절하게 만들곤 합니다. 막상 이
분야를 공부하려 해도 어디서 어떻게 시작해야 할지 어렵기만하고요.

　제가 꿈 공부를 시작할 때도 마찬가지였습니다. 1995년 미국 유학을
가서야 비로소 진지하게 꿈을 접하게 되었습니다. 꿈 수업시간에 '학교에서
이런 것도 배우는구나. 참 희한한 나라다'라며 신기해했던 기억이 납니다.

흥미진진한 수업을 들으며 어느새 '이렇게 중요한 걸 왜 지금까지 아무도 얘기해주지 않았지!' 하는 생각이 들었죠. 지금까지 속고 산 게 아닌가 하는 마음도 일었습니다. 삶에서 가장 중요한 보물이 늘 가까이 있었는데, 황금을 발에 차이는 돌부리인 줄 알고 살아온 격이 아닌가 하고 말입니다.

꿈은 자신의 내면을 이해하는 데 매우 중요한 텍스트입니다. 인간은 누구나 깊고 오롯한, 본질적인 자신을 알고 싶은 욕망이 있습니다. '나는 누구일까?' '내게 벌어지는 이 모든 일들은 어떤 인과관계를 지니는 것일 까?' '내 삶에 궁극적 방향성은 있을까?' 존재에 대한 고민을 하다 보면 자연스레 만나는 질문들입니다. 꿈은 이런 질문에 대한 답을 찾아가는 데 매우 유용하고 안전한 도구랍니다.

지금부터 우리가 밤마다 꾸는 꿈에 대한 이야기를 풀어가려 합니다. '꿈 같은' 일들이 실제로 벌어지는 꿈 세계는 때로 낯설고 엉뚱하게 여겨지기도 합니다. 그럼에도 그 꿈들이 품은 놀라운 의미와 흥미진진한 이야기를 따라가다 보면 의식 한켠에 방치되고 잊힌 꿈의 중요성을 새삼 살필 수 있을 것입니다. 지금까지는 꿈이 우리에게 다가왔지만 이제는 우리가 이미지의 세계로 발걸음을 내딛어봅시다.

함께 꿈 이야기를 하고 이 세계를 탐험했던 친구들이 많이 있습니다. 그들의 지혜와 통찰, 열린 마음이 이 책 곳곳에 녹아 있습니다. 이 세상은 이렇게 함께 나누는 이들이 있어 더욱 풍요로운 것 같습니다. 모두에게 감사의 말을 전합니다. 누구보다 최초의 꿈 친구이자 스승인 제레미 테일러 Jeremy Taylor 선생님에게 감사드립니다.

차례

1

무의식
들여다보기

무의식, 보이지 않지만 확실한 세계

예기치 않은 실수를 두고 우리는 '무의식적으로' 저질렀다고 말한다. 습관처럼 사용하는 '무의식'의 의미는 무엇일까? 쉽게 말해 의식이 아닌 모든 것이 무의식이다. 무의식은 알 수 없고 있는 줄도 모르는, 거대한 세계다. 예를 들어보자.

우리 눈앞에 수평선과 지평선을 떠올려보라. 수평선과 지평선은 이미 우리에게 친숙하고 눈으로도 확인할 수 있다. 이렇게 눈으로 볼 수 있는 세계를 의식이라 한다면 수평선과 지평선 너머 인간의 가시성을 벗어난 세계, 그 '너머의 세계'를 통칭해서 무의식이라 한다.

우리 선조들은 이를 '이승'에 반하는 '저승'이라 불렀다. 다른 문화권에서는 '지하 세계the underworld' 혹은 정령이나 요정 같은 비가시적인 존재들이 사는 세계라 말한다. 꼭 집어 말할 수는 없지만 '그 너머 다른 세계'의 존재를 인정하고 각 문화권마다 고유한 이름을 붙였다는 점에서 무의식은 인류의 보편적 현상이다.

그런데 무의식이 보이지도 않고 인식하지도 못하는 세계라면 우리가 어떻게 그 존재를 알 수 있을까? 이 세계는 볼 수는 없지만 경험으로 알 수 있다. 특별히 노력할 필요도 없다. 무의식은 각자의 삶을 지배하고 있기 때문이다. 그런데도 단지 당사자가 '모르다'는 이유로 무의식이다.

사실 무의식과 의식은 따로 있는 것이 아니라 언제나 나란히 있다. 의식이 흐트러지고 주의가 산만해질 때 무의식이 틈새를 뚫고 올라온다. 사무실에 앉아 일하는 중에도, 교실에서 수업 중에도 이런저런 생각들이 머릿속을 스쳐 지나가는 경우가 종종 있을 것이다. 이런 공상, 혹은 백일몽이 무의식의 일부다. 다음 일화로 각자 무의식이 작동하는 순간을 떠올려보자.

미국에서 유학 생활을 할 때 외출을 했다가 집으로 돌아가던 중 목격한 일이다. 70대 초반 할머니 룸메이트가 플라스틱 모종삽을 들고 2층 베란다에서 아래층 화단으로 고양이 배설물을 던지고 있었다. 그러면서 나를 보더니 "세상에, 자기 반려동물이 싼 똥도 안 치우고 화단에 버리는 몰상식한 사람들이 있어"라고 말했다.

이분은 손이 하는 일을 머리가 미처 쫓아가지 못했다. 고양이 배설물을 쓰레기 봉지에 담아 버리는 수고를 덜기 위해 아래층으로 그냥 던지면서, 배설물을 치우지 않는다고 되레 화를 내는 것이다. 할머니는 화단에 배설물을 던지는 자신의 행동과 배설물을 아파트 화단에 방치하는 사람들의 그것이 같은 행위라는 사실을 연결시키지 못했다. 의식과 상관없이 무의식적으로 어떤 행동을 하게 되는 것이다. 이렇듯 우스꽝스러운 상황을 우리는 매일 연출하며 살고 있다.

밤거리에서 흔히 볼 수 있는 술에 취한 사람들의 행동 또한 무의식의 모습을 잘 보여준다. 그들의 행동에는 무의식의 내용이 적나라하게 드러난다. 혀가 꼬이기 시작할 즈음, 마음속에 억눌린 것들이 슬슬 나온다. 수직적 서열이 공고한 우리 사회이다 보니 술자리에서 직장, 학교, 가족, 선후배, 나이라는 위계가 주는 압박감을 잠시나마 벗어던지고 해방감을 맛본다.

　한국의 술 문화는 위계와 권위주의를 보상하는 순기능이 있다. 술의 힘을 빌리지 않으면 이완 상태와 자기 표현이 불가능하기에 무의식적으로 술을 소비한다. 이럴 때 술은 이완과 소통을 위한 해독제이지만 중독이라는 부작용의 우려가 있는 것도 사실이다. 자기 안에서 올라오는 생각이나 감정을 인지하고 이를 표현할 힘이 생기면 술에 대한 의존도는 크게 줄어든다. 술의 힘으로 배설하듯 뱉어내는 대신 맨 정신으로도 속내를 안전하게 드러낼 수 있는 매우 효과적인 방법이 있다. 바로 꿈 세계를 공부하는 것이다.

꿈, 자연스러운 무의식의 속삭임

꿈은 무의식 세계가 의식 세계로 말을 거는 자연스러운 방식이다. 그 안에는 스스로 인정하지 못하는 자신의 모습, 자랄 때 결코 허용되지 않았던 모습도 있다. 또 집안이나 사회 규범에 따르느라 억압되고, 편향되게 발달하느라 남겨진 부분들이 간직되어 있다. 무엇보다 온전한 자신을 발견하는 데 필요한 재료와 자원이 있다. 이런 무의식이 꿈이라는 말 걸기 방식을 통해 본래의 자신을 만나는 데 장애물이 되는 상처들을 다시금 어루만지도록 계기를 만들어준다. 또 이전에는 몰랐던 자신의 잠재된 가능성들을 발견해 창의적인 삶을 살도록 도와준다. 저마다의 '진정한 나'를 발견하도록 접촉을 시도해오는 방식이 꿈인 것이다. 그러니 '꿈에 관심을 갖고 꿈이 하는 말에 귀를 기울이고 꿈과 친해지'는 것이 필요하다.

'꿈과 친해지자'고 말하면 종종 이런 대답이 돌아온다. "낮에 깨어 있는 삶도 골치 아픈데, 잠도 제대로 못 자게 꿈까지 들여다보라고요?" "눈앞에 펼쳐지는 하루하루 현실이 버겁고 힘겨운데 그럴 여유가 있나요?"

하지만 현실이 혼란스럽고 막막하기에 꿈을 들여다보자는 것이다. 표층이 아닌 내면의 깊은 층위에서 올라오는 본질의 언어인 꿈에는 삶에 얽힌 실타래를 풀어낼 실마리가 들어 있다. 뒤죽박죽된 감정의 실체를 정면으로 마주할 용기와 지혜를 길어올릴 수 있기 때문이다.

우리는 관계를 갈망하면서 동시에 두려워한다. 감정 조절이 어려워 의도와 달리 가까운 사람에게 큰 상처를 입힌다. 초조하고 불안하며 공허함에 시달리는 현대병에서 자유롭지도 못하다. 이렇게 버거운 무게를 양 어깨에 지고 살지만, 왜 힘겨운지 원인조차 모른다. 이럴 때 무의식에서 실마리를 찾을 수 있다.

잠도 편히 못자게 일거리를 하나 더 만들자는 게 아니다. 한 번 더 강조하건대 깨어 있을 때의 삶을 좀 더 평안하고 순리대로 풀자는 것, 에너지가 자연스럽게 흐르도록 만들기 위해 꿈을 들여다보자는 것이다. 이런 심층심리학의 주장이 생경한가? 그렇지 않다. 이른바 선각자들이 한결같이

해왔던 가르침이다. 현자들은 늘 "깨어나라!"고 한다. 하지만 어떻게 깨어나느냐고 물으면 일관된 답변이 돌아온다. "답은 네 안에 있다." 그렇다. 분명, 이 진단은 의심의 여지가 없다. 하지만 나는 이분들을 친절한 선생님이라고 생각하진 않는다. 내 안에서 진정한 나를 만나고 싶은 마음은 모두의 한결같은 갈망이되, 늘 '어떻게'가 문제다.

"좋은 말인 줄은 알겠는데, 들여다보면 뭐가 나오나? 아무것도 안 보이고 안 잡혀. 대체 어쩌란 말이야!" 이런 막연함과 막막함이 우리 모두의 느낌이다.

왜 이렇게 되었을까? 기능적 성취와 효율성에 극단적으로 편향된 발달 때문이다. 특별히 의식 세계만을 탐색 대상으로 간주해온 것이 현대의 특징이다. 이 편향을 가속화시키는 시스템에 사회적 보상이 주어지는 게 현실이다.

수능을 잘 보려면 어떤 능력이 필요할까? 사고력, 논리력, 암기력 등 고득점에 필요한 재능이 필요하다. 자연을 존중하고 이웃을 사랑하고 신을 섬기고 주변 사람들에게 친절하고 미적 감수성이 발달했다면 이는 계량적 점수로 대변되는 사회적 성취와 거리가 멀다.

신화학자는 한결같이 '편향된 신화는 언제나 위험하다'고 말한다. 의식, 이성, 좌뇌만 중시해온 결과, 무의식 세계와 단절된 현대인은 위험하다. 심층심리학자 칼 융은 현대인의 문제를 의식과 무의식의 단절이라 진단했다.

고대에는 주기적인 의례를 통해 비가시적인 세계, 즉 무의식의 내용들을 존중하고 관계를 맺고 소통할 기회가 제도적으로 마련되어 있었다.

이 세계와 차단된 현대인은 통제할 수 없고 예측 불가능한 혼돈의 세계에 대해 두려움을 증폭시켜왔다. 물론 무의식에 함부로 다가갈 수는 없다. 무의식과 소통의 길이 열려 있던 선조들도 무의식에 대한 두려움은 늘 갖고 있었다. 그런데 이는 현대인이 지닌 두려움과는 차원이 다른 종류의 것이다. 고대인이 무의식에 대해 지녔던 두려움을 엿볼 수 있는 신화 한 대목을 살펴보자.

그리스 신화 중 디오니소스 탄생 신화는 잘 알려져 있다. 어머니 세멜레가 디오니소스를 임신한 상태였는데 그 옆에서 행복감에 도취된 제우스가 호기를 부린다. 그는 세멜레에게 말한다. "뭐든 들어줄게. 말만 해." 세멜레는 제우스에게 가면을 벗고 진짜 얼굴을 한 번만 보여 달라고 한다. 순간 자신의 실수를 깨달은 제우스는 다른 청을 이야기하면 뭐든 들어주겠다고 설득하지만 세멜레는 완강하다. 어쩔 수 없이 가면을 벗는데 그 순간 제우스에게서 나오는 광휘로 세멜레는 완전히 타버린다. 마침 불에 가장 강하다는 담쟁이덩굴 잎이 세멜레의 자궁을 가리고 있었기에 태아는 숨이 겨우 붙어 있다. 결국 제우스가 자기 허벅지 안에 태아를 집어넣게 되고 이런 연유로 디오니소스는 아버지 허벅지에서 태어나게 된다.

'그 너머'를 직면하는 순간 타버리고 만 세멜레의 무의식을 이해하는 데 도움이 되는 이미지이지만 한편으로 무의식에 다가가는 태도에 대한 경각심도 불러일으킨다. 명상이든 의례든 무의식을 만나는 방식들은 언제나 주의가 필요하고 안전한 틀이 마련되어야 하는 이유이기도 하다. 나의 꿈 선생님 제레미 테일러 박사는 가장 적절한 현대인의 명상법은 꿈을 들여다보는 것이라 한다. 꿈은 안전하게 무의식 세계를 탐색할 수 있는 좋은 도구다. '네가 알고 있는 너, 네가 생각하는 세상이 전부가 아니거든. 그 너머에 다른 것들이 있단다. 그러니 꿈을 들여다보고 의식을 확장시켜봐.' 꿈은 밤마다 우리에게 이렇게 속삭인다.

답은 네 안에 있다

심리학에서는 종종 거대한 빙산의 뿌리를 무의식에 비유한다. 육안으로 볼 수 있는 부분을 흔히 '빙산의 일각'이라고 말하는 데서 알 수 있듯 얼핏 크기만 보더라도 빙산의 뿌리, 즉 무의식이 얼마나 거대하고 압도적인지 파악될 것이다.

이 빙산 이미지를 다시 한 번 떠올려보자. 내가 알고 있는 나의 전부가 빙산의 일각이고 그 기저에는 아직 내가 탐색하지 못한 어마어마한 나 자신이 있다고 상상해보자. 빙산의 아래, 즉 무의식의 영역에는 온갖 데이터들이 있다. 무의식이라는 하드 드라이브 용량은 무한대이다. 거기에는 잊혀진 개인사와 가족사, 그리고 민족사를 비롯해서 인류와 우주 전체의 기억이 다 들어 있다. 현자들이 "답은 네 안에 있다" "너 자신을 알라" "네가 바로 부처다"라고 말한 이유는 결국 거대한 무의식을 탐색의 영역으로 포함시켜 의식만을 전부라 착각하지 말고 자신의 온전한 모습을 찾으라는 뜻이다.

앞서 말했듯 무의식을 안전하게 탐색하는 방법은 꿈과 대화하는 것이다. 꿈은 잠에 빠져 바삐 움직이던 의식이 퇴각할 때 빙산의 뿌리인 무의식이 제 활동을 시작하는 것이다. 꿈에는 꿈을 꾼 사람에게 '바로 그 순간' 가장 절실히 필요한 지식과 정보가 들어 있다. 흔히 쓰는 '개꿈'이란 말은 이러한 꿈의 역할을 도외시하는 부적절한 표현이다. 모든 꿈은 저마다 겹겹의 중요한 의미를 담고 있으며 언제나 꿈꾼 사람을 돕는다. 의미 없는 꿈도 없고 덜 중요한 꿈도 없다.

무의식은 밤마다 의식을 넓히는 데 필요한 엄청난 정보를 보내준다. 자신은 꿈을 꾸지 않는다고 말하는 사람들이 더러 있지만 사람은 누구나 하룻밤에 5~7번 꿈을 꾼다. 이는 과학적으로 입증된 사실이다. 수면 상태의 뇌파를 살펴보면 자는 동안 눈꺼풀이 떨리는 '렘수면REM sleep' 단계가 주기적으로 찾아오는데 이때가 바로 꿈을 꾸는 시간이다. 미국 스탠퍼드 대학교에서 꿈에 대한 실험들을 많이 해왔는데 그중 한 실험을 예로 들어보자.

총 수면 시간을 8시간으로 한정하고 실험 대상자를 재운 후, 렘수면 단계에 들어가면 깨우기를 반복했다. 꿈을 꾸지 못하게 하면서 하루 8시 간을 재운 이 실험에서 대부분의 참여자가 사나흘이 지나자 환각 증상을 보이기 시작했다. 일상에서 이런 현상이 자신에게 일어나지 않는다는 말은, 모두 정상적으로 꿈을 꾸고 있다는 이야기다. 꿈을 안 꾼다는 말은 '나는 습관적으로 꾼 꿈을 잊어버려'라고 표현해야 정확하다. 기억하지 못할 뿐, 꿈을 꾸지 않는 사람은 없다.

꿈, 신이 보낸 연애편지

세계 여러 문화권에서는 각기 다른 방식으로 꿈을 묘사해왔다. 나는 그중 『탈무드』에 나오는 시적인 표현을 가장 좋아한다. "신이 매일 밤 우리에게 연애편지를 보내주는데, 우리는 봉투도 뜯지 않은 채 버리고 만다." 신이 사랑하는 사람에게 보내는 전언이 꿈이라는 말이다. 꿈 공부를 해온 세월이 늘어날수록 이 표현의 맛이 더 깊어진다. 이보다 더 고운, 게다가 더 없이 적확한 표현이 있을까?

꿈에 대한 이해를 돕기 위해 이렇게 설명하기도 한다. 백설공주 이야기에 등장하는 마녀 왕비는 항상 거울을 들고 있다. 이 거울은 오직 진실만을 이야기한다. "세상에서 누가 가장 예쁘지?"라는 왕비의 질문에 거울이 "왕비님이 제일 예쁘지요"라고 듣기 좋게 답했다면 어땠을까? 아마 왕비가 신바람이 나서 독사과를 들고 산 속 공주의 집을 찾아가 살해하는 일 따위는 없었을 것이다. 하지만 동화 속 거울은 끝내 난쟁이와 사는 공주가 가장 예쁘다고 답한다. 진실만을 말해주는 이 거울은 꿈의 역할을 제대로 빗댄 상징이다.

꿈은 마음을 비추어주는 거울이다. 절대로 거짓말을 하지 않는다. 당연하게도 내가 듣고 싶어 하거나 바라는 바와 다를 수 있다. 꿈이란 인간 존재의 근원인 영혼의 진실을 반영한다. 의식에 아첨하여 기분 좋게 만드는 것이 목표가 아니기에, 때로는 들여다보고 싶지 않은 진실을 보여주기도 하고 기대치 않은 정보를 알려주기도 하여 잔잔한 마음을 휘젓는다.

우리는 누구나 거짓을 말하며 산다. 의도적인 거짓말은 논외로 하더라도

자신도 모르게 하는 거짓말이 있다. 예를 들어 "요즘 잘 지내시지요?"라고 물으면 거의 "예, 잘 있어요"라고 답한다. 진짜 잘 사는지 여부와 무관한, 습관적인 거짓말이다. 본인이 거짓이 아니라 진짜 잘 산다고 믿기도 한다. 나는 지인들과 만나는 자리에서 종종 "요즘 어떤 꿈꿔? 우리 꿈 얘기 하자"고 제안한다. 가까운 사람들 속을 들여다보자는 의도가 아니다. 귀한 시간, 진솔한 만남을 하고 싶기 때문이다.

심층심리학의 아버지 프로이트는 꿈을 '무의식에 이르는 왕도王道'라고 표현한다. 무의식을 탐색하는 가장 좋은 도구가 꿈이라는 말이다. 앞서도 말했듯 꿈이 무의식을 탐색하는 유일한 도구는 아니지만, 가장 안전한 도구임에는 틀림없다. 잠만 자면 꾸니 가장 경제적이기도 하다.

꿈 공부를 한 지 20년 된 나에게 꿈이 무엇이냐고 묻는다면 '삶의 나침반'이라 답하겠다. 나침반은 어느 방향이 북쪽인지를 항시 알려주는, 방향을 알고자 할 때 꼭 필요한 계기이다. 꿈은 삶의 방향을 알려준다. 여기서 꿈이라는 나침반이 가리키는 북쪽이란 온전한 건강, 자아실현, 진정한 나의 발견, 신과 온전히 하나되는 체험 등으로 다양하게 표현할 수 있다. 꿈은 매일 밤 꿈꾸는 사람이 조금씩 북쪽으로 향하도록, 즉 영혼이 궁극적으로 돌아가는 자리로 나아가도록 매 순간 필요한 정보를 제공한다.

꼭 알아야 할 꿈에 관한 지식

꿈은 늘 완전한 형태를 띠지만, 일련의 흐름에서 보면 꿈의 방향성이 확연히 보인다. 일정 기간 자신의 꿈을 관찰해본 사람들은 알 것이다. 꿈은 시종일관 의도를 가지고 꿈꾼 이를 이끌어간다. 나는 여러 강의에서 이 흐름과 방향성을 설명하기 위해 자신의 꿈을 그린 화가의 작업을 소개하곤 한다.

이 화가는 2년이 조금 넘는 기간 동안 자신의 꿈 이미지를 스케치했다. 이중 70여 점을 그림으로 완성했고, 이를 모아 꿈 이야기 책을 출간했다. 이 그림을 따라가다 보면 무의식의 방향성, 즉 꿈이 지니는 의도가 한눈에 들어온다. 이 사람은 어린 시절 겪은 사건으로 인한 트라우마가 있었다. 그리고 이를 망각한 채 50년을 살아왔다. 하지만 꿈을 통해 그 기억을 살려내고 사건에 연루된 다양한 감정의 스펙트럼을 다루면서 서서히 상처를 치유해갔다. 그뿐 아니라 상처와 함께 갇히고 막힌 자신의 힘과 건강을 되찾았다.

나는 2년 이상 지속된 꿈 드라마를 보며 장엄하고 신비로운 오케스트라 연주를 감상한 느낌이었다. 이처럼 꿈이 펼쳐보이는 장대한 흐름을 보려면 어떻게 해야 할까. 꿈 세계를 공부하는 초심자에게 나는 꿈 일기를 적는 것으로 시작하라고 조언한다. 그 꿈의 기록을 통시적으로 관찰하면 여러 꿈의 흐름이 드러난다.

나는 언제 어디서 무엇을 하든 꿈과 대화하는 일을 소홀히 하지 않으려 애쓴다. 꿈 보기를 게을리하지 않는 한, 삶의 중심에서 벗어나 표류하지 않을 확신이 있기 때문이다. 꿈은 나를 건강하게 만들고 진정한 나를 발견하도록 이끈다. 내가 잘못된 선택을 할 때 교정할 수 있도록 도와준다. 편향된 사고에 빠질 때면 반대편 이미지를 등장시켜 재고하도록 해주고,

보고 싶지 않은 나의 취약함과 열등함도 대면하게 해 용기를 북돋워준다. 정직할 수 있도록 나를 비추어주는 거울이자 나를 이끌어가는 가장 믿을 만한 길라잡이도 꿈이다. 얼마나 든든한가. 내 안에는 이미 거울도 나침반도 모두 들어 있다. 이 풍성하고 기발한 꿈의 작용은 밤마다 놀라운 삶의 신비를 선물해준다.

꿈 세계로 나를 입문시킨 분은 제레미 테일러 선생님이었다. 내가 한국에 소개해온 그룹 투사 꿈 작업Group Projective Dreamwork을 1960년대에 만든, 꿈에 관한 한 단연 마에스트로다. 그는 노숙자부터 성직자까지, 감옥, 정신병동, 유치원을 가리지 않고 베트남 참전용사나, 성적 소수자까지 전 세계 수십 만 명의 사람들과 꿈 작업을 하며 '꿈에 관해 우리가 반드시 알아야 할 지식'을 연구로 남겼다. 지금부터 그의 연구를 몇 가지로 정리해 소개한다.

첫째로, 꿈은 언제나 보편적인 언어로 표현되며 꿈꾼 사람의 건강과 자기 실현을 돕는다. 이때 자기 실현이라는 표현은 온전성wholeness의 획득, 진정한 나의 발견, 삶의 의미의 발견이라는 말로 바꾸어도 좋다. 모든 꿈은 건강과 성장을 위한 것이라는 데 어떤 예외도 없다.

그렇다면 왜 무섭고 끔찍한 악몽을 꿀까? 악몽은 건강이나 성장과 어떤 관련이 있을까? 최근에 나는 광주민주화항쟁 희생자 분들과 그룹투사 꿈 작업을 했다. 이분들 대다수는 극심한 가위눌림이나 악몽에 시달렸는데 그중 한 분은 자려고 눈만 감으면 시커먼 물체가 천장에서 내려와 목을 조르거나 가슴을 누른다고 호소했다. 내려오는 순간 이미 온몸은 마비가 된다는 것이다. 일반적인 가위눌림은 아침에 깨어 일어나면 풀리곤 한다. 그런데 이분은 아침에 눈을 떠도 마비된 근육이 풀리지 않아 병원에 실려 가서 주사를 맞아야 했고 이 현상이 아침마다 수십 년 반복되었다.

이런 심각한 악몽과 가위눌림이 광주민주화항쟁 희생자 분들의 건강을 돕는다고 말할 수 있을까? 그런 반문이 당연하다. 꿈 작업을 하기 전까지는 이분들도 마찬가지였다. 꿈 이론에서 악몽이란, '지금 여기에 네 본성에 어긋나는 게 있어. 뭔가를 시급히 바꾸어야 하니 제발 깨어나서 이 상황을 좀 볼래?' 라는 메시지다. 무의식은 급박하게 경각심을 촉구할 때 악몽의 형태를 취한다. 왜냐하면 진화의 역사에서 인간은 신나는 꿈을 꿀 때보다 끔찍하고 잔인한 악몽을 꿀 때 훨씬 꿈을 잘 기억하고 꿈에 관심을 더 쏟는다는 사실을 체득했기 때문이다. 따라서 악몽은 괴로움을 주려는 게 아니라 시급함을 알려주는 신호다. 꿈이 최선을 다해 현재의 위기를 알리고 상황을 개선하라고 촉구하는 것이다.

악몽을 '무의식이 보내는 전기 자극'이라고 표현하기도 한다. 꿈이 표현하는 상황에서 '깨어나게' 하기 위해 충격을 가하는 것이다. 광주민주화항쟁 희생자 분들은 꿈 작업을 통해 서서히 가위눌림에서, 그리고 오래 시달리던 악몽에서 벗어나고 있다. 고문 같던 악몽조차 자신의 건강과 성장을 도와주기 위한 무의식의 메시지라는 사실을 아는 것만으로도 위안이 되었다.

이를 받아들이고 나면 똑같은 꿈이 등장할 때 미리 겁먹고 무방비로 노출된 채 마비되지 않도록 뭔가를 할 수 있다. 각기 꿈마다 다양한 기법들을 적용했는데 정체되어 있는 에너지를 다루기 시작하면 꿈의 흐름에 변화가 생긴다. 꼭 기억할 일이다! 악몽은 아무리 깊고 오래된 상처와 연관되었다 해도 어쩔 수 없는 현상으로 치부해선 안 된다. 그리고 심지어 가장 끔찍한 악몽조차 이 상황에 대해 뭔가를 할 수 있을 때만 기억을 한다. 그러니 꿈을 기억한다는 말은 그 상황에 대해 해결책이 있다는 뜻이다.

두 번째 중요한 점은, 이 꿈이 무슨 뜻인지 확신을 가지고 말할 수 있는 사람은 꿈꾼 사람뿐이라는 것이다. 의아하게 들릴 것이다. 꿈은 무의식이 건네는 이야기므로 자기 꿈의 의미를 바로 알지는 못할 것이다. 하지만 빙산의 뿌리인 무의식은 이미 알고 있는 사실을 꿈으로 표현한다. 단지 의식적으로 모르고 있을 뿐이다.

그룹이 함께 꿈 작업을 하다 보면 다른 사람이 각자의 통찰로 꿈에 대해 이야기하는데 이런 이야기들이 개인에게 자극되어 '아, 그렇지!' 하고 알아챌 때가 있다. 이를 '아하!' 체험이라고 한다. 이것은 이성적으로 판단하거나 논리적으로 납득하는 종류의 체험이 아니다. 꿈꾼 사람의 몸이 즉각 반응을 보인다. 매우 중요한 대목이다. 우리는 전문가나 선생님이 상대적으로 비전문적인 사람을 대상으로 무언가 제시하고 가르치는 걸 교육이라 부른다. 과연 그럴까? 각자가 지닌 것들을 스스로 깨닫게 만들어주는 게 진정한 가르침 아닐까? 나는 교육이나 분석 과정에서 전문가의 도움이 필요 없도록 해주는 것이 진정한 도움이라 생각한다.

제레미 테일러 선생님은 꿈의 주인은 언제나 꿈꾼 사람이라고 강조했다. 내 꿈의 의미를 전문가에게 양도하지 말라. 지식이나 권위 있는 이들의 해석을 받아들이는 수동적인 자세보다 이미 내 무의식이 알고 있는 내용이기에, 자신의 감각을 신뢰하면서 내면의 진실을 깨달아가는 것이 중요하다.

세 번째, 꿈은 수많은 층위의 의미들을 동시에 이야기한다. 한 가지 뜻만 있는 꿈은 없다. 흔히들 꿈이 황당무계하다고 한다. 논리적이지 않을 뿐만 아니라 실현 불가능한 일들이 꿈에서는 아무렇지도 않게 일어나곤 한다. 하지만 사실은 전혀 다르다. 꿈이 황당한 것이 아니라 우리가 꿈의 언어를 모르기에 황당해보일 따름이다.

일상 대화에서 우리는 말 한마디에 열 개나 스무 개쯤 복선을 깔지 않는다. 하지만 꿈은 언제나 그렇게 표현한다. 꿈 언어의 속성을 지닌 상징 시를 떠올리면 도움이 될 것이다. 정교하게 조직화되어 잘 쓰인 상징시처럼 꿈이 지닌 의미의 샘은 절대 마르지 않는다.

꿈의 다층적인 의미들

꿈에는 수많은 의미들이 겹겹이 겹쳐 있다. 쉽게 말해 다양한 재료로 만든 샌드위치나 무지개떡 같은 것이다. 한 가지 색을 염두에 두고 무지개떡의 전체 색을 설명할 수 없듯이 꿈도 하나의 층위로 전체를 설명할 수 없다.

그중 몇 가지를 소개해보겠다. 먼저 '그날의 잔영'을 들 수 있다. 꿈에 관심을 갖기 시작하면 하루 이틀 전에 벌어졌던 일, 그리고 하루 이틀 후에 벌어질 일을 꿈에서 쉽게 찾을 수 있다. 종종 자기 꿈이 잘 맞는다고 하는 사람들이 있다. 이들은 스스로를 영이 맑다고 해석한다. 그런데 내 경험으로 '꿈이 잘 맞다'는 표현은 대개 이 층위를 두고 이야기하는 것이다. 이는 특별한 소수에게만 일어나는 신기한 현상이 아니라 자연스러운 꿈의 속성이다. 누구누구만 꿈이 잘 맞는 것이 아니라 꿈은 언제나 잘 맞는다. 그렇다고 어제 오늘 일어난 사건이 꿈에 사실적으로 묘사되는 경우는 드물다. 꿈은 늘 상징과 은유로 표현하기 때문이다. 실제 낮에 일어났던 일과 똑같은 일이 꿈에 되풀이 되더라도 그 꿈의 상징적 의미가 언제나 사실적 의미보다는 훨씬 중요하다.

다른 중요한 층위로, 꿈은 어린 시절의 성장 과정을 반드시 반영한다. 괴테는 "인간은 어디로 가든 어떻게 살든 언제나 맨 처음의 자리로 돌아간다"고 말했다. 심리학은 한 사람의 어린 시절에 에너지를 많이 쏟는 학문이다. 그 이유는 처음의 본성, 그리고 처음 맺는 인간관계가 일생 맺는 관계의 패턴을 결정하기 때문이다. 어린 시절을 깊이 탐색하는 이유는 과거에 집착하자는 것이 아니라 지금까지도 영향력을 미치는 어린 시절을 분석해서 과거로부터 해방되고자 하는 것이다. 건강한 현재를 건설하기 위해서다.

또 다른 주요한 층위는 '성'에 관한 것이다. 프로이트는 삶의 가장 주요한 동인을 성 에너지로 본다. 하지만 이에 대해서는 오해도 흔하다. 노골적인 섹스 장면이 등장하는 꿈이 그러한데, 흔히들 이를 성적이라 착각하지만 꿈은 상징과 은유로 표현한다는 사실을 기억해야 한다. 섹스 장면이 적나라하게 펼쳐지는 꿈보다는 절구나 디딜방아로 쿵쿵 빻는 장면이 더욱 적나라하게 성 에너지를 드러낸다. 둥근 구멍 속에 기다란 막대기가 왔다갔다 하는 것보다 노골적일 수 있을까?

또 다른 층위로 삶의 의미의 발견, 즉 자기 실현의 욕구가 등장한다. 야한 섹스 꿈은 오히려 이 층위와 훨씬 가깝다. 내 밖에 있는 존재나 에너지를 내 안으로 통합하여 하나가 되는 이미지이기 때문에 그렇다. 신과 우주와 하나됨을 갈구하는 선승이나 수도자들의 꿈에 노골적이고 짙은 섹스 꿈이 등장할 확률이 높다.

인간의 힘에 대한 욕구나 권력에의 의지도 꿈에 반영된다. 경쟁 관계나 우월하고 열등한 부분이 묘사되고 또 계층의식도 반영된다. 흔히 사랑과 힘을 양극에 놓고 힘을 금기시해야 하는 듯 주장한다. 심리학과 종교도 이런 경향이 강하다. 하지만 힘의 추구는 자기 실현 욕구에 준할 만한 주요한 인간의 본성이다. 나는 심리학이나 종교가 힘에 대한 인간의 욕구에 충분히 가치를 부여하고 그만큼의 중요성으로 깊이 성찰하지 않는다고 생각한다.

앞에서 꿈을 건강과 성장을 도와주기 위해 꾼다고 했는데 여기서 말하는 건강이란 육체적, 심리적, 영성적 측면을 포함하는 전일적인 건강을 말한다. 일반적으로 꿈은 마음이나 영혼의 이슈만 다룬다고 생각하지만, 육체적 건강에 대한 이슈도 반영한다. 많은 이들은 꿈의 이 층위를 특히 흥미로워한다. 그러면서 꿈을 어떻게 건강과 결부시켜 읽어야 하는지 궁금해한다.

꿈은 상상할 수 없는 기발한 방식으로 드러나기에 절대 일반화하거나 단언할 수 없다. 다만 한 가지, 꿈에 나타나는 집을 주목해보면 실마리를 찾을 수 있다. 몸은 영혼의 집이기에 꿈에 등장하는 집을 신체와 결부시켜 볼 수 있다.

예를 들어 꿈에서 집의 수도관이 녹슬어서 물이 새고 있다면, 몸 안에 혈관이나 배뇨 과정을 점검해볼 필요가 있다. 폭우로 마당에 있는 커다란 나무가 뿌리째 뽑혀 쓰러지면서 지붕을 뚫는 이미지가 꿈에 등장한다면, 일차적으로 머리를 체크해볼 필요가 있다. 실제 이 꿈을 꾼 사람은 꿈을 꾸고 이틀 후 뇌졸중으로 쓰러졌다. 만일 꿈에서 고기 썩는 냄새가 나면 암이 아닌지 의심해보기 바란다. 어떤 분이 메고 있던 핸드백을 열어봤더니 그 안에 썩은 고기가 들어 있는 꿈을 꾸었다. 여성의 파우치와 결부시켜 볼 수 있는 신체 기관이라면 자궁일 수 있는데 실제 이 사람은 자궁암 진단을 받았다. 하나 더, 오래된 학교 건물에 걸어 들어가는데 낡은 마루 바닥이 부서지는 꿈이다. 골다공증이 심각한 사람의 꿈이었다.

하지만 마루가 부서지는 꿈을 꾸었다고 해서 곧바로 골다공증이라 진단하지 말기 바란다. 모든 꿈이 같을 수 없고 두 사람이 똑같은 꿈을 꾸었다 해도 해석이 달라져야 한다. 꿈꾼 이의 필요가 서로 다르기 때문이다. 일반화하거나 공식화하려 들면 언제나 무리가 생기는 게 꿈이다. 꿈은 상상을 초월할 정도로 다양하고 기발하게 표현되기에 의식으로 판단하고 공식으로 가두어 이해할 대상은 아니다. 만약 꿈에서 의사 선생님이 등장해 굳은 표정으로 "간암 말기네요. 안 되겠습니다" 할 때, 실제 간암으로 판명되는 경우는 매우 희박하다. 다시 한 번 강조하지만, 꿈은 은유와 상징으로 표현된다!

꿈은 자신의 심리를 반영한다

꿈에 대해 이야기할 때, 흔히 꿈에 등장하는 자신의 이미지를 중심으로 꿈을 바라본다. 이 존재를 꿈자아dream ego라고 하는데 꿈자아가 꿈에 어떤 모습으로 등장하는지, 어떤 태도를 취하는지, 어떤 느낌을 갖는지에 따라 좋은 꿈 혹은 나쁜 꿈이라 판단한다. 그렇지만 꿈에 등장하는 모든 요소, 즉 사람뿐 아니라 동식물, 그리고 무생물이나 밝기까지 어느 것도 꿈꾼이의 심리를 반영하지 않는 요소는 없다. 따라서 꿈에 등장하는 모든 것이 자신을 알 수 있는 실마리가 된다.

이를테면 자신에게 치명적인 상처를 입힌 사람이 꿈에 등장했다고 치자. 꿈자아는 실제 상황처럼 그 사람 앞에서 몸이 굳고 입조차 떨어지지 않아 꼼짝 못할 것이다. 이런 꿈을 꾸고 일어나면 '아니, 이 사람은 꿈에까지 등장해서 나를 힘들게 하는구나'라고 탄식한다. 그렇지만 이럴 때, 꿈자아뿐 아니라 꿈자아를 힘들게 하는 상대도 자신의 일면임을 상기하자. 꿈 작업 법칙 중 하나, 내 안에 없는 것은 내 꿈에 등장하지 않는다.

오히려 이렇게 자문해야 한다. '내게 그 사람처럼 안하무인이고 편협하고 강압적인 부분이 있는가?' 불편하겠지만 이 질문을 숙고한다면 자신에 대해 많은 것을 알게 될 것이다.

이와 관련한 극적인 예가 있다. 주변에 엄마의 자기애적 성향 때문에 고민하는 사람이 있다. 누구나 자기애적 성향을 지니고 있지만 이 어머니는 정도가 심했다. 한번은 이 사람이 갑작스런 병으로 누운 병원에 어머니가 찾아왔다. 그러고는 병자 옆에서 본인이 얼마나 아프고 힘든지 아느냐는 자기 한탄만 해댔다. 덧붙이길, 네가 아픈 게 나와 무슨 상관이냐는 말을 남기고 병실을 나갔다고 한다. 이 사람 꿈에 어머니가 자주 등장한다. 이때도 물어봐야 한다. '내 안에 엄마와 마찬가지 성향이 있는가?'

만일 이 사실을 이해하고 의식적으로 다룰 수 있다면, 비록 어머니가 병적일지라도 그럴 수도 있겠구나 하고 상황을 넘길 수 있는 힘이 생길 것이다. 사실 부모란 자식이 마음대로 바꿀 수 있는 존재는 아니다. 이럴 땐 엄마의 희생자로 자랐던 나의 아픔을 보듬고, 엄마의 영향권에서 벗어나는 것이 최선이다. '언제나 답은 내 안에서'가 성숙한 사람이 취해야 할 모토다. 그리고 문제를 다루는 가장 효과적인 방법이기도 하다. 내가 달라지면 상대는 지금까지 쓰던 전략을 계속 쓸 수가 없다. 그러면 바뀌어야 한다. 만일, '엄마가 먼저 달라지면, 나도'라고 생각한다면 이는 실제로 통하지 않는 전략이다.

이 사람이 어느 날 아침 내게 "엄마가 죽었으면 좋겠어요"라는 문자 메시지를 보내왔다. 나는 즉시, "축하합니다!"라고 답했다. 자신의 솔직한 마음을 인정하는 용기에 찬사를 보낸 것이다. 엄마에 대한 미움의 바닥을 들여다보고 그걸 솔직히 표현했으니 얼마나 대단한가? 아무리 끔찍하고 흉측해도 솔직히 자신을 인정하고 직면할 때, 바로 거기서부터 변화의 싹이

움튼다.

　내면을 들여다보는 작업을 하다 보면 자신의 취약함과 졸렬함을 현명하게 다룰 줄 알게 된다. '나에게 이런 부분이 있구나. 못났는데 다룰 줄 알면 괜찮은 거구나.' 자신에게 친절해지는 것, 이것이야말로 일생 배워야 할 가장 중요한 덕목이다. 그리고 이런 훈련을 하다 보면 타인을 대할 때도 훨씬 너그러워진다.

삶의 교과서, 꿈

꿈은 종종 우리가 한쪽 극단으로 치우칠 때, 반대쪽 극단을 이야기한다. 중범죄자나 흉악범의 꿈은 아주 선량하고 도덕적인 경우가 많다. 영적인 삶을 추구하는 수녀님 꿈에 창녀들이 등장하는 경우가 흔하고 근엄하고 점잖고 책임감 강한 모범적인 가장 꿈에 난폭한 부랑자가 나타난다. 문학 작품들도 이런 양극단의 모습을 잘 다룬다. 『지킬 박사와 하이드』 『백치』 『파우스트』 등이 대표적이다. 겉으로 드러나는 모습은 지킬이지만 그 안엔 하이드가 살고 있다. 평생을 고상한 철학자로 살아온 파우스트는 내면에 메피스토펠레스를 키웠다.

　빅터 프랭클이 나치 강제수용소에 갇혀 있었을 때의 삶을 기록한 『죽음의 수용소에서』에는 잔혹한 게슈타포가 등장한다. "저 사람은 인간이 아니야"라고 느꼈던 나치 장교가 전후, 전범으로 수감되었을 때 프랭클은 감옥에서 그가 가장 선량한 사람으로 손꼽혔다고 말한다. 그의 전력을 모르는 이들은 저렇게 순하고 착한 사람이 세상에 어디 있느냐고 이야기 했다는 것이다.

인간에게는 절대로 한 면만 있는 게 아니다. 순한 양의 얼굴을 한 사람의 마음에 악랄한 폭군이나 나치 장교가 깃들 수 있다. 꿈은 우리 안의 부인할 수 없는 양면성을 드러내 보여준다. 그럼으로써 삶이 편향되지 않도록, 또 통합된 인간으로 온전히 살 수 있도록 도와준다.

꿈의 예언적인 요소

예지몽은 꿈이 지닌 또 다른 층위를 잘 보여준다. 누구나 예언적인 꿈을 꾸고 싶어 한다. 하지만 나는 자신의 예언적인 꿈 때문에 고통받는 사람을 종종 만난다. 예지몽을 특별한 사람이 꾸는 꿈으로 간주하는 것은 적절하지 않다. 꿈의 다층적 의미 중 하나로서 모든 꿈에는 예언적인 요소가 있다. 예지몽이 특별한 꿈이 아니라는 사실과 동시에 기억해야 할 것, 예언은 양날의 칼과 같다는 점이다.

예언이 특별한 능력이나 힘으로 간주되기도 하지만 조롱의 대상으로 전락할 수도 있다. 그리스 신화를 보면 아폴로가 카산드라를 꾀기 위해 그녀에게 예언의 능력을 선사한다. 그럼에도 카산드라가 끝끝내 아폴로를 거부하자, 아폴로는 카산드라에게 저주를 내린다. 카산드라가 하는 말은 세상 누구도 믿지 않도록 만들어버린 것이다.

이 이미지는 예언의 성격에 대해 생각할 거리를 준다. 예언이란 그 사건이 막상 실현되기 전까지는 누구도 예언인지 아닌지 확인할 길이 없다. 예언이라 믿고 한 말이 실언일 수 있으니 예언의 느낌을 공표할 때는 상식을 따를 필요가 있다. 꿈에 예언적 요소가 있는 것은 자연스러운 현상이니 이에 대해 지나치게 의미를 부여해서는 안 된다.

그런데 왜 꿈에는 예언적인 요소가 있을까? 그 이유는 꿈세계의 시간 개념이 낮 동안의 시간 개념과 다르기 때문이다. 꿈을 꿀 때 일어나는 무의식의 시간 개념과 꿈을 기억해내는 의식의 시간 개념은 다르다. 그래서 꾼 꿈을 기억하는 동안 시간에 대한 전환이 일어난다.

의식의 시간은 과거, 현재, 미래로 구분되어 있고 일직선으로 흐른다. 반면 무의식의 시간은 과거와 미래, 현재가 동시에 혼재한다. 순환하는 시간, 또는 신화적인 시간이라고도 한다. 하지만 그 꿈을 기억해낼 때 일직선의 시간으로 의식적 전환이 일어나기에 과거, 현재, 미래가 구분되어 나타난다.

꿈, 조상들의 이야기

아메리카 인디언 원주민들은 꿈을 '조상들의 이야기'라고 말한다. 광주민주화항쟁 희생자 분들과 꿈 작업을 하기 전에 나는 이 층위에 대해 확신이 없었다. 광주에서 이분들의 집단 트라우마를 함께 나누는 동안 내 개인의 가족사, 즉 증조 할아버지, 고조 할아버지 때 집안에서 일어난 일을 꿈을 통해 알게 되었다. 그러면서 '꿈은 조상에 관한 것이다'라고 하는 말을 실감하게 되었다.

한국 근대사는 상처로 점철되어 있다. 식민지를 겪었고 전쟁을 치렀고 분단의 비극에 더해 이념 투쟁의 소용돌이를 겪었다. 독재의 상흔에다 악명 높은 성 불평등까지, 고도 성장의 이면에 드리운 그림자가 짙다.

흥미롭게도 전쟁을 겪은 사람들에게만 등장하는 꿈을 전후에 태어난 우리 세대가 꾸는 것을 목격한다. 이들의 이야기를 추적해보면 아버지가 전쟁의 상처를 극복하지 못하고 자살했거나 알코올 의존증으로 불운하게 살다 갔다고 한다. 또 술 문제가 있는 중년 남성의 경우, 꿈에서조차 '또술'이라는 별명을 지닌 사람이 등장했는데 이야기를 나누다보니 양민 학살 사건이 있었던 지역 출신이었다. 아버지도 알콜 의존증이었다 한다.

기억에서 사라지고 시간이 흐르면 빛이 바래듯 옅어지는 상처도 있다. 하지만 커다란 트라우마는 그렇게 해결될 가능성이 거의 없다. 상처의 대물림이 일어난다. 한 세대에서 다음 세대로 이어지는 것이다. 우리 부모님 세대가 자식들에게 가난을 물려주지 않겠다는 과제를 떠맡았다면 우리 세대는 가족이나 집단 트라우마를 후대에게 넘겨주지 않는 것을 지상과제로 여겼으면 한다.

우리 역사가 쌓아온 업을 풀어내어 이 땅에 태어나는 다음 세대들은 더 이상 부모 세대가 해결하지 못한 부채를 짊어지지 않게 해야 한다. 역사가 남긴 겹겹의 상흔들을 흔히 마주치는 세대는 우리로 족하다.

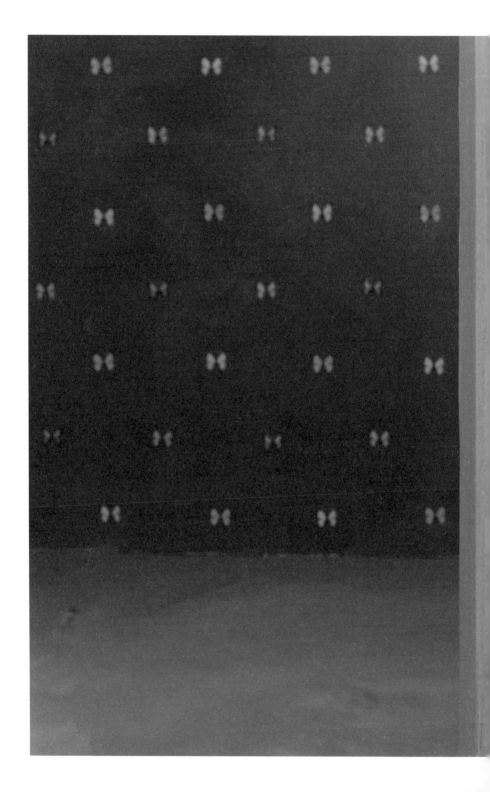

무의식의 메시지

꿈에 대해 꼭 알아야 할 지식 하나가 더 있다. 꿈은 꿈꾼 사람이 이미 알고 있는 사실을 다시 확인하도록 복습해주지 않는다. 진정한 나를 찾기까지 갈 길이 워낙 멀기에, 어쩌면 무의식이 중간중간 아는 사실을 재차 확인하고 에너지를 낭비하지 않기 위함은 아닌지 생각해본다. 따라서 내가 이미 아는 사실이 꿈에 나오는 경우, '여기서 내가 이해하지 못하는 게 뭐지?'라고 질문하면 도움이 된다. 예를 들어보자.

대다수 한국 남성들이 가장 자주 꾸는 악몽은 군대에 다시 가는 꿈이다. 입영 영장을 받으면서 꿈꾼 이는 '어, 난 벌써 제대했는데' 하고 당혹해하며 꿈에서 깬다. 꿈은 어떤 기발한 이유를 만들어 다시 입대해야 하는 상황을 연출하는데, 지난 복무 기간이 잘못 계산되어 재입대해야 한다는 식이다. 한 가지 분명한 것은 실제로 군 복무 기억을 무의식이 이용하는 데는 이유가 있다는 점이다. 그 이유는 도대체 뭘까? 내 생각에는 군 생활에 대한 상징적 의미를 파악하는 게 중요하다.

남자에게 군대란 어떤 곳일까? 군 생활에서 인간적으로 당한 씻지 못한 상처가 있어서 다시 그 자리로 돌아가 상처를 다루라는 개인적인 메시지일 수 있다. 이런 개인적인 이유 외에도 보편적인 의미가 있다. 먼저, 군대는 남자들에게 통과의례가 이루어지는 자리다. 통과의례는 일생 한 번만 거치는 것이 아니다. 거듭나고 죽고를 되풀이하며 여러 주기를 거치는 것이 인생이다. 아프리카 원주민 속담에 '통과의례는 절대 중단되는 법이 없다'고 한다. 중년과 노년을 거치면서 또 다른 세계로 입문하는 의례가 필요하다.

또 하나, 군대란 대다수 현대인에게 가장 치열한 육체적 현장이다. 온몸을 던져 훈련을 겪으며 자기 몸의 한계를 알게 될 뿐 아니라 자연과 원시적인 생존의 현장으로 자신을 끌어들이는 자리이기도 하다.

무엇보다 고대부터 이어져내려오는 원형적 의미도 고려해야 한다. 예전 전사들의 영성이 가장 살아 있는 자리가 군대이다. 삶과 죽음이 가장 적나라하게 부딪치는 전장에서 가장 적극적으로 미래를 개척하는 전사들이다.

은퇴할 시점이 되어 입영 영장을 받는 꿈은 은퇴가 삶에서 퇴각하는 것도, 치열한 자기 탐색에서 퇴각하는 것도 아님을 말해준다. 지금까지와는 전혀 다른 새로운 세계로 통과의례가 필요함을 역설하는 것으로 이해해야 한다. 매튜 폭스Mattew Fox는 은퇴retirement라는 단어는 은퇴시켜야 한다며, 이 말을 재점화refirement로 바꾸어야 한다고 주장했다. 삶의 의무에서 놓여나는 때, 모든 열정을 꺼뜨려 재가 되는 게 아니라 정말 제대로 내면의 불을 지펴볼 시기가 아닌지, 우리의 무의식은 꿈을 통해 이러한 메시지를 촉구하는 것이다.

이런 다양한 메시지들을 꼬깃꼬깃 집어넣어 보내주는 것이 꿈이다. 모두 우리 각자의 건강과 성장에 필요한 정보들이다. 꿈의 목표는 꿈꾸는 사람이 미몽에서 깨어나는 것, 본성대로 사는 것, 가장 건강한 제 모습을 찾는 것이다. 하루도 빠짐없이 잠을 잘 때 이런 일이 일어난다는 게 신비롭지 않은가?

나는 20년 가량 꿈 공부를 했다. 꿈과 더 친해지고 꿈 세계를 더 깊이 탐색하는 것이 내가 깨어 있을 때 품는 꿈이다. 해를 더할수록 궁금한 것이 더 많아지고 재미도 더해간다. 누구는 끝이 안 보여서 꿈 공부를 중단한다는데 나는 끝이 없는 꿈 세계라 더욱 매력을 느낀다. 끝을 아는 길을 뭐하러 갈까?

종종 꿈에 대해 잘 아는 것이 부럽다는 사람들을 만난다. 그들의 말을 다르게 표현하자면 나는 '꿈에 대해 알고 싶은 게 많은 사람'일 뿐이다. 그들에게 무슨 말을 할 수 있을까?

칼 융의 일화가 떠오른다. 말년에 BBC 인터뷰어가 "박사님은 참 좋겠습니다. 아침에 일어나면 전날 꾼 꿈을 꿰고 있으니 얼마나 좋습니까?"라고 물었다. 융이 근엄하게 "자네, 꿈에 대해 정말 아무것도 모르는군"이라 말하더니 "꿈은 의식보다 한두 발짝 더 앞서 있는 무의식의 내용을 이야기하기 때문에, 내가 내 꿈에 대해 무의식적인 것이나 당신이 당신 꿈에 대해 무의식적인 것이나 마찬가지예요"라고 답했다.

자기가 서 있는 의식의 지평과 융이 발 딛고 있는 의식의 지평이 다를 뿐이다. 걸음마 단계에 있는 사람이건 위대한 심층심리학자 융이건 꿈은 각자에게 꼭 필요한 이슈들을 이야기해준다.

누구든 자신의 꿈에 대해서는 맹점을 지닌다. 자신의 꿈에 대해 웬만큼 안다는 사람은 꿈에 대한 지식이 일천하다고 봐도 무방하다. 융의 수제자 폰 프란츠M. L. von Franz는 아침에 꿈을 꾸고 나서 적는 순간 그 꿈에 대해 아무것도 모르겠다고 고백했다. '융 심리학의 사무라이'라는 별명을 가진 사람이 이러할진대 누가 꿈을 안다고 호언할 수 있을까. 폰 프란츠는 일단 꿈을 기록해놓고 한참 지나 '내 내담자가 이 꿈을 갖고 왔다면' 하고 연상을 하고서야 비로소 실마리를 잡을 수 있었다고 한다.

꿈은 정말 심오한 것이다. 다만 무슨 뜻인지 파악하고 해석하려는 마음을 내려놓으면 꿈과 훨씬 가까워질 수 있다. 꿈은 에너지와 이미지가 결합되어 있기에 자주 들여다보고 정성을 쏟으면 확실한 보답을 가져다준다. 그렇기에 꿈 에너지가 날아가지 않도록 기록을 남기는 일이 중요하다. 꿈 이미지를 그려보거나 꿈에 등장하는 이미지로 시를 써보고 몸짓을 해보는 것도 좋다. 이렇게 꿈과 친근해지면 저절로 꿈을 보는 통찰이 생기고 형식과 패턴도 눈에 들어오기 시작한다. 학교에서 공부하듯 머리로 해결하려 든다면 오히려 득보다 실이 더 많을 수도 있다. 잠만 자면 쏟아지는 게 꿈이다. 각 꿈마다 위에 언급한 정보들, 그리고 더 많은 층위의 의미들이 드러나기를 기다리고 있다.

개꿈은 없다. 꿈에 대한 선입견을 접고, 꿈 세계의 초대에 응해보자. 보이지도 않고 잡히지도 않는 마음을 들여다볼 수 있는 거울 앞에서 망설일 이유가 없다. 꿈 거울은 그 가치를 알고 귀하게 다룰 때 더 선명히 깊이를 드러낸다. 절대 거짓말하지 않는 거울이 드러낼 진실이 궁금하지 않은가?

꿈을 기록하는 방법

꿈을 기록하려면? 일단 꿈을 기억해야 한다. 그런 다음 꿈 공책을 마련해서 머리맡에 놓고 꿈 일기를 쓴다.

먼저 기억에 도움이 되는 방법부터 살펴보자. 앞에서 모든 사람이 하룻밤에 다섯 번에서 일곱 번 꿈을 꾼다고 했다. 꿈을 잘 기억하지 못하는 것은 꿈을 꾸지 않는 것이 아니라 습관적으로 꿈을 잊어버린다는 사실을 기억하라. 꿈 일기장은 칸이나 그림이 없는 백지 노트가 좋다.

머리 맡에 꿈 일기장을 놓고 잠들기 직전, "내일은 꼭 꿈을 기억해서 기록해야지"라는 주문을 외우면 꿈 기억률이 향상된다. 아침 시간에 충분히 기록을 하고 꿈을 들여다볼 여유가 있으면 좋지만, 눈만 뜨면 뛰어나가기 바쁜 상황이라면 잠을 자는 동안이나 아침에 눈을 뜨는 순간, 기억나는 대목에서 특징적 단어 한두 개만 적어두자. 그리고 출근하거나 자녀들을 등교시키고 한숨 돌릴 때, 그 단어들을 보면 꿈 이미지가 떠오를 가능성이 높다.

필기보다 녹음이 편하다면 녹음기를 사용하고, 핸드폰에 기록하는 것이 편한 사람은 그렇게 해도 좋다. 어떤 식으로든 꿈이 연기처럼 기억에서 사라지지 않도록 그 이미지를 확고하게 잡아두는 게 중요하다.

또 꿈에 관심 있는 가족이나 친구들과 꿈 이야기를 하는 것도 기억률 향상에 도움된다. 꿈 이야기를 진지하게 들어주는 사람이나 적절한 반응을 해주는 사람들이 있으면 꿈 에너지를 활성화시킬 수 있다. 관련된 책을 읽는 것도 도움이 된다. 주말이나 여유 있는 아침에 평소 자는 자세로 눈을 감고 기다릴 때도 꿈이 떠오를 수 있다. 기억률은 꿈에 관심을 가지면 대개 어려움 없이 향상된다.

그런데 아무리 노력해도 기억이 안 나는 경우라면, 두 가지 방법을 시도해볼 수 있다. 하나는 꿈에게 보내는 편지를 쓰는 것이다. 꿈이라는 무의식의 말걸기에 적극적으로 응하겠다는 의지를 밝히고 원활히 소통하고 싶다는 의향을 밝히는 것이다. 꿈은 에너지가 작동하는 것이라 마중물을 넣는 것이 도움된다.

다른 하나는, 비타민 B복합체를 복용하는 방법이다. 비타민 B복합체가 꿈 기억률 향상에 도움이 된다는 논문은 충분히 많다. B복합체는 수용성이라 잉여 부분은 배설이 되니 인체에 해가 되지 않는다.

꿈을 잘 기억하지 못한다는 사람의 말을 들어보면 사실은 기억을 못하는 게 아니라 자기 꿈이 너무 짧거나 사소하다고 생각하는 경우가 많다. 긴 이야기로 기억하는 것만이 꿈은 아니다. 짧고 긴 건 중요하지 않다. 짧으면 그만큼 함축적이라는 뜻이다. 단어 하나가 생각나거나 음성, 또는 막연한 느낌만 있다 해도 충분히 훌륭한 꿈이다.

기억한 꿈을 기록하는 요령은 다음과 같다.

먼저 기억한 내용을 가급적 자세히 기록하라. 꿈자아에게 일어나는 스토리만 중요한 것이 아니라 꿈의 배경이나 밝기까지, 꿈에 등장하는 모든 요소가 심리의 어떤 측면들을 반영한다는 사실을 기억하라.

꿈은 현재형으로 기록한다. 무의식은 과거, 현재, 미래가 나눠져 있지 않다고 했다. 꿈은 신화와 마찬가지로 과거 한 시점의 이야기가 아니라 언제나 현재진행형이기에 지금 이 순간 살아있는 실체로 다룬다. 과거형으로 기록하면 이미 지나간 사실이라 거리감이 생기고 꿈 에너지가 활성화되기 어렵다. 꿈은 현재형으로 기록하고 현재형으로 말하는 것이 가장 도움된다.

꿈을 기록하는 방식에 제한을 두지 말자. 글로 쓰는 게 익숙하지만 어떤 꿈은 그림으로 그리는 게 훨씬 편할 수도 있다. 되도록 색깔도 칠하고 다양한 방식으로 묘사한다. 또 꿈 기록에는 반드시 날짜를 기입한다.

마지막으로 꿈 제목을 단다. 한두 단어보다 제목만 봐도 전체 꿈이 생각나는 제목이 훨씬 도움이 된다. 시간이 지나 예전 꿈을 찾아보려 할 때 제목만으로도 전체 꿈이 생각나면 좋다. 제목과 꿈 내용, 그날 일어났던 꿈에 대한 통찰을 각기 다른 색을 사용해서 기록하는 것도 좋은 방법이다.

2

꿈으로 하는
눈 청소

색안경을 끼고 보는 세상

당신은 있는 그대로 세상을 바라보는가? 내 곁에 있는 사람을 오롯이 그 사람 자체로 본다고 생각하는가? 이 질문에 '예'라고 답한다면 두 경우 중 하나일 것이다. 하나는 '깨달은 사람'이다. 성인의 경지에 오른 사람들은 그러리라 짐작해본다. 다른 하나는 자신의 눈을 투명한 렌즈라고 착각하며 사는 경우다. 여기서 본다는 의미를 시각에만 한정하는 것은 아니다. 자아의 바깥에 있는 사물과 사람, 현상을 받아들이는 청각, 후각, 촉각, 미각, 그리고 육감까지 모든 감각을 통칭한 의미로 눈을 상정하자.

누구든 제 눈의 렌즈는 투명하고 깨끗하다 생각한다. 엄청난 착각이다. 하지만 우리 모두는 이 오해를 진실인 양 믿으며 산다. 왜곡된 자신의 렌즈에 대해 무의식적으로 사는 것이다. '색안경'을 끼고 세상을 본다는 말이 기꺼운 사람은 없겠지만, 누구도 왜곡된 필터를 통해 세상을 본다는 데 예외일 수는 없다. 불편한 진실이지만 이 왜곡이 그만큼 일상적이라는 점에서 자연스러운 상황이라고 해야 할 듯하다. 단지 누구는 더 짙은

안경을, 누구는 덜 짙은 안경을 쓰고 있을 뿐이다. 같은 사람이라도 사안에 따라 더 탁한 안경을 쓰기도 하고 더 깨끗한 안경을 쓰기도 하는 정도의 차이가 있을 따름이다.

이 사실은 쉽게 확인할 수 있다. 몇몇이 모여 무리와 함께 자기 '마음에 드는' 사람에 대해 이야기할 기회를 가져보자. 누구는 그 특정인을 '참 괜찮은 사람'이라 하는데 바로 옆에서 '그 사람은 문제가 많다'고 한다. 종종 여자들이 어떤 여자를 보는 시각과 남자들이 같은 여자를 보는 시각에도 차이가 난다. 또 멀쩡하게 보이는 사람이 대단히 미성숙한 파트너를 만나는 경우도 보게 된다. 흔히 결혼 초기에는 내 아내나 남편이 천사 같다 생각했는데 몇십 년 살다 보니 늘 나를 통제하고 조정하는 '제일 피하고 싶었던 내 아버지/어머니와 닮은 꼴이더라'는 토로도 심심치 않게 듣는다.

사람이 달라진 걸까? 그럴 수도 있겠지만 예전 모습과 현재 느끼는 상대의 모습이 확연히 다르다면 '나는 내가 보고 싶은 모습만 보는 것은 아닌가?' 질문해볼 일이다.

눈 청소를 해야 하는 이유

어둡고 탁한 눈으로 세상을 보는 현상은 자동적으로 일어난다. 결론부터 말하면 그렇기에 누구든 현상을 가리는 어둡고 탁한 얼룩을 지워내기 위해 '눈 청소'가 필요하다. 하지만 대다수 사람들이 그렇듯, 자신의 시각을 의심해본 적도, 그럴 필요도 못 느끼고 산다면? 지금 우리가 사는 세상처럼 된다.

내가 보고 싶은 것만 보고 내 왜곡된 렌즈를 통해 오해와 착각으로 점철된 세상을 살아간다. 오해에서 시작하니 반목과 분쟁이 생기고, 근거 없는 이상화를 되풀이 하니 기대는 늘 실망으로 바뀐다. 사물을 객관적으로 볼 수도, 세상을 있는 그대로의 모습으로 볼 수도 없다. 이게 지금 우리의 현주소다.

이 현상을 심리학에서는 투사projection라 한다. 투사란 말 그대로 투영된 그림자이다. 무엇을 투사하느냐는 앞으로 자세히 설명할 예정이다. 투사에 대한 탐색을 시작하기 전 거쳐야 할 단계가 있다. '나는 채색된 눈으로 세상을 보고 있다'는 사실을 인정하는 것이다. 누구나 하루 24시간 쉼 없이 투사를 한다. 색안경 없이 세상을 보는 것이 인간에게 주어진 선택 사항이 아니기 때문이다. 이 사실은 좌절감을 안겨준다. 하지만 인간은 늘 투사하는 존재라는 사실은 바뀌지 않는다.

그러니 색안경을 닦는 일을 배우자. 시각을 투명하게 하는 일은 세탁기에 빨래를 넣어 돌리듯 한번에 해결하기 어려운 일이다. 평생 동안 부단히 애써야 하는 지난한 과업이다. 그렇지만 책임 있고 성숙한 인간이 되려면 반드시 해야만 하는 일이다.

우리가 투사하는 존재라는 사실을 인정하고 나면, 투사의 위험을 낮추려는 노력을 시도해볼 수 있다. 최선의 방법이 '나는 지금 투사를 하고 있어'라는 사실을 의식적으로 인정하는 것이다. 투사는 무의식적으로 일어나기 때문이다. 마치 투사가 아닌 양 나는 사물을 바로 보고 있고 지금 내가 말하는 것은 객관적 사실이야'라는 식으로 자신을 속이고 타인을 속이는 술책을 중지하는 일이 선행되어야 한다.

궁극적으로는 투사를 철회하고 투명한 눈으로 삼라만상을, 그리고 자신을 있는 그대로의 모습으로 보는 것이 투사를 다루는 사람이 지향하는 종착점이다. 결코 호락호락한 일이 아니다. 그렇지만 시작해보자. 내가 아는 한, 눈 청소에 가장 효과적인 길이 꿈 작업이다.

내가 보는 모든 것이 투사다

꿈은 마음의 거울이고 마음이 비치는 상이 꿈이니 꿈은 전부 투사이다. 내 꿈도 투사고 내가 다른 사람의 꿈에 대해 말하는 것도 투사이다. 그렇다고 잠을 자는 동안에만 투사가 일어나는 것은 아니다. '깨어 있는 동안' 내가 타인이나 사건에 대해서 보고 말하는 모든 것도 투사다.

나의 꿈 선생님 제레미 테일러 선생님은 이 불가피한 투사 현상을 적극적으로 활용하는 방법을 고안했다. 여럿이 함께 꿈을 놓고 각자에게 일어나는 투사를 장려하는 그룹 투사 꿈 작업Group Projective Dreamwork이 그것이다.

이 방식은 다른 사람의 꿈에 대해 이야기할 때 '내가 이 꿈을 꾸었다면……' 혹은 '내가 이 꿈을 꾼 사람 입장이 되어 본다면……' '여자인 내가 남자 입장이 되어 이 꿈을 상상하면……'이라는 발상으로 시작하는 것이 특징이다.

'내가 무엇을 말하든 지금 내 입에서 나오는 것은 전부 나의 투사라는 사실을 인정하고 시작한다. 이는 지금 내가 꿈에 관해 하는 말은 '나 자신의 고백'이지 객관적 사실이 아니라는 '사실'을 스스로 확인하며 타인에게도 확인시킨다.

꿈에는 내가 있고 내 주변 사람이나 동물 혹은 배경 이미지가 있다. 앞서 꿈에 '나'로 등장하는 인물을 꿈자아라 부른다고 했다. 그리고 이 존재만 나라고 간주해서는 안 된다고 이미 강조한 바 있다. 여기서 꿈 세계의 원칙을 다시 한 번 상기하자. 내 안에 없는 것은 꿈이라는 스크린에 등장하지 않는다. 그럼에도 우리 눈에는 꿈자아가 독자적으로 들어오고 꿈자아 곁에 있는 사람이나 배경 사이에 꿈자아가 독립된 존재로 보인다. 마치 배경은 내가 아닌 것처럼 눈에 들어오는 것이다. 깨어 있는 맨 정신에도 늘 이런 착각을 한다고 상상해보자.

지금 눈앞에 펼쳐지는 세상을 확인하자. 그리고 바라보고 있는 나를 꿈자아라 간주하자. 꿈에서처럼 지금 보이는 나무도 풀도 하늘도 책상도 전부 나 자신의 투사라면 어떠한가? 나무가 눈앞에 없고 하늘이 없다는 것이 아니다. 그러나 내가 관찰하는 눈 자체가 색안경이라면 나는 어디를 보고 무엇을 봐도 결국 객관적 상을 보는 게 아니다. 그저 나를 본다. 나무나 풀, 하늘을 통해 나를 비추고 있는 것이다. 세상이 나의 거울 아닌가? 이 사고 실험은 재미있고 유익하다.

제레미 선생님은 결코 만만하지 않은 이 개념을 "우리의 문제는 거울을 유리라고 착각하는 데 있다"라고 명쾌하게 풀이한다. 어디로 눈을 돌리든 무엇을 보든 결국 보이는 것은 나인데, 자신이 유리처럼 투명한 눈으로 세상을 본다고 믿는 것이 문제라는 것이다. 꿈을 꿀 때든 눈을 뜨고 있을 때든, 우리가 감각을 통해 만나는 세상은 투사를 통해 인지하게 된다.

의식이 확장된다는 것은 결국 '나'와 '나 아닌 것' 사이의 연결망에 대한 감각들이 예리하게 살아나, 독자적인 나보다 전체 안에서의 나에 대한 느낌이 훨씬 더 커지는 게 아닐까. 우연과 필연 사이의 경계가 사라지고 모든 것이 연결되어 있고 그 안에 의미들로 가득 채워져 있다는 감이 선명해질수록, 매 순간 나의 행위와 선택이 전체에 미칠 파장에 대해 더 많이 생각하게 된다. 이런 감각이 나에게는 사물의 경계가 선명하게 구분되어 보이는 낮보다 잠을 자는 동안 꿈을 통해 더 잘 보인다.

꿈을 통해 투사를 공부하는 방법

투사라는 개념으로 꿈이라는 현상을 살펴보자. 꿈은 무의식의 표현이다. 꿈꾼 사람이 아직은 모르고 있는 면모들을 의식으로 수용할 수 있도록, 맨 먼저 그 흔적을 찾아볼 수 있게 해준다. 꿈은 무의식이라 아직 이름을 붙일 수 없는 내용들을 다룬다. 그러니 꿈에 집중하면 모호하게나마 내 안에 있는 것에 대해 감을 잡을 수 있다. 이 감은 투사된 상을 통해서만 가능하다. 꿈이 바로 이런 내용의 투사다.

투사에 대한 인식이 깊어질수록, 나는 색안경을 끼고 있고 내가 매순간 투사를 한다는 사실에 정직해질 수 있다. 하지만 여전히 '내가 투사를 하고 있다'는 사실을 망각할 때가 많다. 요즈음 친밀하고 잘 안다고 생각하던 사람이나 사건을 대하면서 '결국 또 투사 드라마'가 작동했구나 싶으면 실소를 금치 못한다. 허탈하기도 하지만 이를 배움의 계기로 보면 재미도 있다. 그리고 아이러니하지만 투사에서 벗어날 수 없다는 사실을 인정할수록 '투사 드라마'에서 조금씩 자유로워진다.

투사를 안 할 수는 없지만, 투사된 꿈을 통해 자신에 대해 알아가면서 눈 청소를 하다 보면 서서히 객관적 시야를 확립해가게 된다. 꿈과 소통하는 일이 습관이 된 내 경우, 낮 동안 내 생각이나 탐색의 과제들이 어떻게 진행되는지 꿈으로 확인하는 일이 자연스럽다. 투사를 거두려는 내 노력 또한 꿈에서 확인할 수 있다는 이야기다. 이런 사례를 들어보면 어떨까.

꿈에 내가 둘인 경우가 있다. 꿈자아로서 나는 꿈이 전개되는 드라마의 등장 인물이다. 그리고 꿈 속 드라마를 지켜보는 또 다른 내가 있다. 이 존재는 스크린을 마주하고 영화를 보듯 펼쳐지는 꿈을 지켜본다. 꿈을 이런 방식으로 기억할 때, 전체를 조망하는 시야가 발달한다. 이 꿈 이미지를 통해 우리는 한 사건이나 사물을 바라보는 시야가 여럿일 수 있다는 사실도 배우게 된다.

그룹 투사 꿈 작업은 하나의 꿈을 그룹에 참여하는 사람들 수만큼 다양한 눈으로 바라보게 만든다. 꿈은 언제나 수많은 층위가 있어서 한 꿈을 여러 시야로 바라볼 때 이 다양한 층위들이 드러날 확률도 훨씬 높아진다. 무의식은 꿈이라는 스크린에 투사한 내 내면의 드라마를 여러 사람이 동시에 지켜보면서 '내 꿈이라면……'의 톤으로 각자 자신의 투사를 하는 가운데 잠에서 깨어나는 순간, 아무것도 잡히지 않던 꿈이

서서히 그 베일을 벗는 것이다.

또 타인의 꿈을 직접 자기가 꾼 꿈이라 상상하는 일은 상대 입장에 서서 상황을 살필 수 있는 최선의 방법이다. 앞서 매일 가위에 눌려 몸이 마비되는 광주민주화항쟁 희생자 분들의 이야기를 언급한 바 있다. '내가 만일 그 입장이라면' 혹은 '내가 잠만 자면 가위눌리고 몸이 마비되어 아침마다 병원에 실려 간다면' 하고 상상해보는 방식으로 꿈꾼 이와 나 사이의 거리를 좁힐 수 있다. 내 마음이 투사된 이 사람의 꿈을 통해, 내가 내 꿈으로 상상하고 투사하는 과정에서 자연스럽게 인간에 대한 연민과 공감이 일어난다.

인간은 왜 투사를 할까?

가끔 의문이 들 때가 있다. 왜 인간은 투사라는 방식으로 세상을 인식하도록 구조화되었을까? 처음부터 '있는 그대로의 모습'을 보도록 진화했다면 색안경으로 사람이나 사건을 보고 왜곡된 실체를 사실이라 착각하지 않아도 될 텐데 말이다. 그리고 숭산 스님이 강조하듯, '오직 모를 뿐'이라며 자신을 채찍질하며 안간힘을 쓸 필요도 없을 것이다. 혹, 투사 자체에 진화사적인 의미가 숨어 있는 것은 아닐까? 꿈으로 이 수수께끼에 접근해보자.

만일 자신이 늘 투사한다는 사실을 인정하고 눈을 투명하게 청소했다고 가정해보자. 그가 아침에 눈을 뜨면서 자기 꿈을 들여다본다면, 그 꿈이 무슨 뜻인지 선명하게 보일까? 단언컨대, 아니다. 앞장에서 언급한 꿈의 속성들을 상기해본다면 그런 일은 결코 일어나지 않는다. 꿈은 무의식의 표현이다. 꿈꾼 이는 의식으로 떠오르지 않은 내용과 마주하기 때문이다.

만일 투사 없이 언제나 있는 그대로 삼라만상을 바라본다면 이론적으로는 꿈을 꾸지 않아야 한다. 한번은 제레미 선생님에게 '부처도 꿈을 꿀까요?' 라는 질문을 던진 적이 있다. '아마도 그럴 것'이라는 답이 돌아왔던 기억이 난다. 이 우주에 대해 투사를 하지 않는 것이지 그 너머 우주에 대해 중단 없이 깨우치고자 꿈을 꿀 거라는 설명이었다. 꿈은 의식하지 못하고 있는 나의 모습을 비추어주면서 '이것 좀 들여다봐' 라고 나를 앎으로 초대하는 것이다. 그러니 꿈이 자기 발견을 위한 가장 유용한 도구가 아니겠는가?

겹겹의 의미로 중첩된 꿈을 낱낱이 파악할 길은 없다. 그러나 잠만 자면 제공되는 이 실마리를 토대로 탐색 작업을 하다 보면 '놀라운 일'이 벌어진다. 모르고 있던 자신에 대해 알게 되고 잠재된 자신의 재능을 발견하게 된다. 수많은 아이디어도 얻고 편향된 사고도 교정해서 균형감을 얻게 된다. 지혜의 말을 들을 수 있고 창조적인 사람이 될 수 있다.

앞서 꿈을 백설공주에 등장하는 마녀의 거울로 비유한 바 있다. 각자 자신의 꿈 거울에 같은 질문을 던져보자. '거울아, 거울아 세상에서 누가 제일 예쁘니?' 나는 거울의 답을 짐작할 수 있다. '바로 너'라고 할 것이다. 아직 내 거울이 그렇게 말한 적은 없다. 하지만 꿈과 친하게 지낸 지난 20

년 동안, 그 대답을 얻을 수 있으리라는 믿음이 생겼다.

이야기로 이해하는 투사의 개념

이야기는 심리학이 탄생하기 훨씬 이전부터 인류의 선조들이 인간과
세상을 이해하고 그 이치를 후손들에게 전하는 양식이었다. 이야기는
이미지 언어로 구성되어 있어서 설득력이 클 뿐 아니라 그 품이 넓어 계속
숙고하고 음미할 거리를 제공한다. 여기, 투사를 잘 설명해주는 옛이
야기가 있다.

> 옛날 옛적, 거울이 흔치 않을 때의 일이다. 그날은 마을 장날이라,
> 장에 갔던 남편이 거울을 하나 사가지고 왔다. 그런데 거울을 보던
> 아내가 난리를 쳤다. 남편이 장에서 젊은 여자를 데리고 왔다는 것이다.
> 흥분해서 날뛰고 있는 아내 옆에 서 있던 시어머니가 거울을 들여다본다.
> 시어머니는 거울 속에 아주 심술 맞고 고약하게 생긴 할망구가 있다며 그
> 할망구한테 욕을 하고 화를 낸다. 그때 이 모습을 지켜보던 다섯 살짜리
> 손자가 입을 연다. "거울에 내 모습이 보이네요." 모두 거울에서 자신의
> 모습을 바라보지만 아이를 제외하고는 자신이라는 걸 인식하지 못한다.

전형적인 순진한 바보innocent fool 군에 속하는 이야기다. 가장 어리석게
취급당하고 있는 등 마는 둥 존재감이 미약한 '어린아이'가 언제나

진실을 말하는 게 이런 이야기의 특징이다. 투사라는 관점으로 이 이야기를 들여다보자.

목표는 어린아이처럼 진실을 보는 것인데 우리의 현실은 이야기 속 시어머니나 아내 꼴이다. 거울 안에 보이는 모습이 자신이라는 사실을 인식하지 못할 정도로 스스로에 대해 무지한 '우리'다.

이토록 자기 인식이 어려워진 이유는 무엇일까? 우리는 세상을 과거의 제한된 경험과 충족되지 못한 욕구, 상처에서 비롯된 감정의 앙금 등이 뒤섞인 모호한 시야로 바라본다. 누구든 예외 없이 이미 '색안경'을 쓰고 있다.

이야기에 등장하는 인물들의 색안경을 살펴보자. 거기엔 무엇이 비칠까? 할머니는 지금 고약한 옹고집 친구 때문에 마음 고생을 하고 있는 상태일지도 모른다. 나이 들어가는 자신의 모습을 부인하고 있는 단계일 수도 있겠다. '내가 이 만큼 늙었다니, 이럴 수는 없지.' 아내의 경우, 남편에게 다른 여자가 생길까 봐 의심이 영혼을 갉아 먹고 있는 상태인지 모르겠다. 배우자에게 신뢰와 존중을 받지 못하고 버려질지 모른다는 두려움에 떨고 있는 상태일 수도 있다. 이렇듯 억눌린 자의식, 다스려지지 않은 상처, 해결하지 못한 이슈들이 늘 우리 시야를 가로막아 실제의 모습을 왜곡한다.

어린아이를 제외하고 각자가 투영해서 보는 모습은 바로 자신의 마음이다. 그런 의미에서 이 이야기 자체가 꿈 거울 같다. 눈을 뜨고 있는 상태에 비치는 상이 유리가 아니라 거울을 통하는 것이라면, 이 거울을 잘 살펴보기 시작할 때 자신에 대해 많을 것을 알 수 있다.

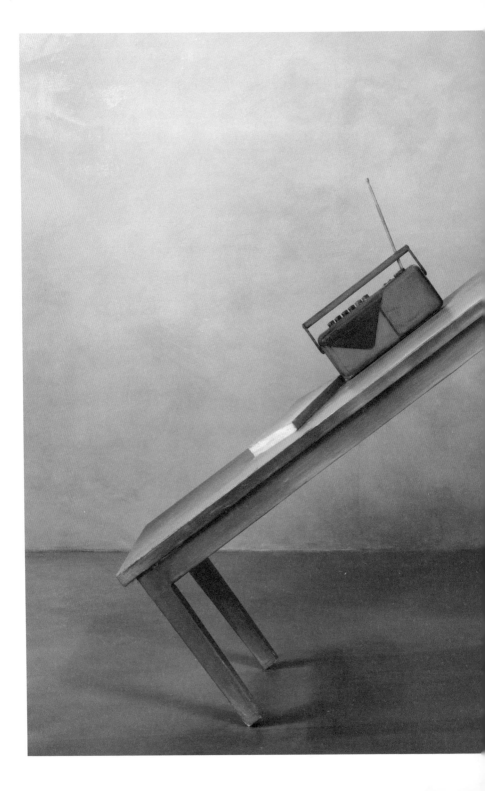

어떤 사람이 밤길을 가는데 앞에 무언가 나타난다. 시커먼 구렁이다. 깜깜한 밤보다 더 시커먼 구렁이가 S자 커브를 그리며 떡하니 버티고 있다. 무섭고 당황해서 도끼로 마구 난도질을 한다. 다음 날 아침 그 자리에 가 보았을 때 현장은 어떨까? 동강난 로프 조각들이 바닥에 잔뜩 널려 있다.

로프를 구렁이로 본 것이 전혀 근거 없는 오해는 아니다. 로프와 검은 구렁이는 외견상 닮았다. 만일 이 사람이 이전에 구렁이를 만난 적도 없고 구렁이에 대해 들어 본 적도 없고 구렁이가 무엇인지조차 몰랐다면 그래도 구렁이로 보였을까? 이론적으로는 아니다. 인식조차 못했을 것이다. 투사하는 내용에서 자신을 배울 수 있으므로 이 경우를 좀 더 들여다봐야 한다.

예전에 구렁이와 얽힌 사연이 있는지 떠올려보자. 그리고 우리가 듣고 자란 구렁이 이야기들을 떠올려보자. 창세기에 나오는 구렁이 이미지를 떠올리는 사람은 죄, 유혹, 악마 같은 투사를 할 것이다. 또 집지킴이로 구렁이와 함께 산 사람들은 구렁이를 수호신으로 생각할 것이다. 프로이트학파라면 구렁이는 바로 남근을 상징한다는 공식을 적용할 것이다.

벼농사 문화권에서는 논의 신이 구렁이였고 곡식 창고를 지키는 신도 구렁이였다. 의술의 상징도 구렁이고 치병굿을 할 때도 구렁이가 등장했다. 신화에서는 최고의 지혜가 구렁이와 연관된다. 이렇듯 상징적 의미 가운데 구체적으로 어떤 이미지가 이 상황에 적합한지 중요하다는 이야기다.

연평도에서 일어난 투사 드라마

연평도 포격 사건을 기억할 것이다. 북한군의 포격으로 파괴된 현장에 당시 여당 대표와 측근들이 군복을 걸치고 나타났다. 카메라 앞에서 갑자기 팔뚝만 한 보온병을 집어 들고 포탄이라 기염을 토했다. 로프가 구렁이로 둔갑하는 일은 백주대낮에도 일어난다.

당시 나는 안식년을 맞아 미국에서 공부할 때였는데 미국 언론은 연일 한반도에 전쟁이 발발할 듯 위기감을 고조시켰다. 미국인의 할리우드 식 과장법에 익숙한지라, 분단된 조국이 겪을 수밖에 없는 비극이라 여겨야 했다. 하지만 그 시기의 여론조사에서 '전쟁을 치르자' 고 응답한 비율이 높게 발표되었을 때는 등골이 서늘해졌다. 히틀러 치하에서 집단적 맹신과 피에 대한 굶주림이 어떻게 광분의 도가니로 번졌는지, 그리고 그때 작용한 집단 무의식의 파괴적인 힘이 어땠는지 알기에 사태를 심각 하게 바라볼 수밖에 없었다. 한국으로 돌아가야 할지 판단을 내려야 하는 상황이었다.

이 시점에 '보온병 포탄' 드라마가 발발했다. 정치인들의 어릿광대짓에 텔레비전을 시청하던 온 국민이 웃음 폭탄을 터뜨렸다. 터질 듯 탱탱한 풍선의 바람이 빠지듯 광분은 실소와 함께 김빠진 맥주처럼 휘발되었다. 연평도가 포격되어 민간인의 삶과 터전이 위협을 받자 두려움이 촉매제가 되어 저마다 깊이 덮어 두었던 공격성과 파괴적 충동이 나라를 뒤덮었다. 그리고 그때 보온병 포탄이 등장한 것이다.

어느 사회나 광대는 꼭 필요하다. 찰리 채플린 같은 천재 광대는 자신이 하는 행위를 철저히 계산해서 고도의 두뇌 게임을 한다. 하지만 온 나라에 방영된 여당 대표의 광대짓에 드러난 투사 드라마는 자못 흥미롭다. 색안경 안에는 언제나 배울 것이 있다고 했다.

오랜 긴장으로 경직되고 메마른 분단 상태에 가장 절실한 것은 따뜻함 아닐까? 서로 저주를 퍼붓고 상대를 악마로 만들어가는 대신 따뜻함으로 화와 두려움을 녹여낸다면, 또 오랜 반목이 주는 좌절감을 차 한 잔의 여유나 훈훈함으로 풀어간다면, 이 끝없는 소모전에 조금은 진전이 있지 않을까? 포탄이 아니라 보온병을 들어야 할 때라고, 무의식이 온 국민 앞에 선포한 것은 아닐까?

물론 민간인을 공격하는 북한의 행위를 축소하거나 희생자들의 아픔을 가벼이 생각해서는 안 된다. 그렇지만 파괴적이고 잔혹한 우리의 야만성을 '저 나쁜 북한 사람들' 혹은 '저 야만적인 남조선 인민'의 전유물로 간주하는 투사 전략을 고수하는 한, 우리 안의 야만성과 잔혹함은 더 강한 파괴력을 지니게 될 것이다. 제레미 선생님은 누군가에게 손가락질을 하며 '저 악한 ××'란 라벨을 붙이는 순간, 상대를 가리키는 한 손가락 외에 나머지 네 손가락은 자신을 향하고 있다는 사실을 기억하라고 당부한다.

아이들의 투사는 성장의 이정표

아이들은 어떤 투사를 할까? 아이들이 커가는 과정을 살펴보면 투사하는 내용이 부단히 변하는 걸 알 수 있다. 딸을 키우는 아빠들이 제일 흐뭇해하는 찬사가 무엇일까? "난 이 다음에 커서 아빠랑 결혼할 거야." 이 찰떡 같은 약속이 딸의 변심으로 끝날 때 아빠의 순정은 바람을 맞는다. 대개 유치원에 입학하면 이런 날벼락이 떨어진다. 그러고는 한동안 지조 없이 결혼 후보자 이름을 바꾸어 나간다. 연예인 이름이 거론될 즈음이면 딸은 더 이상 꼬맹이가 아니다. 아이들이 성장한다는 증거다.

문제는 더 자라난 후, 심지어 성인이 되어서까지 "나는 아빠 같은 남자랑 결혼할 거야" 혹은 "나는 엄마 같은 여자를 만날 거야"라고 말하는 경우다. 만약 일생을 함께할 배우자가 이렇다면 이제 경고등이 켜진 것이다. 겉보기에는 부모 사랑을 담뿍 받고 자란 듯 보일 수도 있다. 하지만 그 말을 다시 풀면 뉘앙스는 사뭇 달라진다. "나는 어머니 콤플렉스를 극복 못했어." "나는 아버지 콤플렉스로 시달리고 있어."

누구든 심리의 방 안에 부모라는 커다란 콤플렉스 가구를 들여놓고 산다. 그리고 이 버거움을 줄이려는 노력은 일생을 거쳐 이루어진다. 하물며 그 심각성을 인식하지도 못한다면 결혼 상대로는 재고해보는 게 현명하다. 부모와 배우자를 구분하지 못하는 사람은, '나는 아내한테 엄마가 되어 달라 요구할 거야.' '나는 내 남편이 아버지처럼 해주기를 바라고 있어'라고 말하는 것과 같다. 적나라하게 표현하자면 자신이 미성숙한 어린 딸, 어린 아들로 머물러 있겠다는 고백, 그 이상도 이하도 아니다.

아주 훌륭한 배우자감 하나를 소개하겠다. 초등학교에 갓 입학한 남자

아이의 꿈이다. 미술 시간에 선생님이 기억나는 꿈을 그려보라 했는데 한 아이가 다소 엽기적인 그림을 그렸다. 학교가 배경인데, 이 아이가 자기 어머니 목을 댕강 잘랐고 목 잘린 시체의 손을 잡고 친구들과 학교 운동장을 가로지르며 웃고 떠들고 있는 장면이었다. 그리고 이 모습을 누군가 앞에서 사진기로 찍는다.

담임 선생님 반응이 어떠했을까? 아이 앞에서는 표정 관리를 했지만 바로 학부모에게 연락했다.

참 어리석은 대응이다. 꿈 언어를 전혀 모르기에 발생한 사건이기도 하다. 담임 선생님은 이 아이가 목을 쳐서 죽이고 싶을 만큼 어머니에 대한 적대감이 크다고 이해했다. '자기 식대로', 사실적으로 꿈을 이해하는 것은 언제나 위험하다. 꿈은 은유와 상징으로 표현한다. 만일 꿈 언어를 조금이라도 아는 사람이라면 이 아이의 심리적 성취를 축하해줄 것이다.

나는 이 아이가 자랑스러웠다. 꿈에서 누군가 죽거나, 살인을 하거나, 자살을 하는 것은 가장 확실한 성장과 변화의 표시다. 기존 이미지에 가두어 두었던 에너지가 넘쳐나 더 이상 그 이미지로 표현하기 어려울 때 죽음과 파괴의 이미지가 등장한다. 이전의 내가 파기되어야 새로운 나를 표현할 수 있는 것이다.

성장 과정에서 한 단계 커다란 도약이 이루어진 순간, 꿈에 죽음이나 주검이 등장하는 경우가 많다. 아마도 어머니 목을 자르는 일은 날카로운 칼로 이루어졌을 것이다. 그렇다면 이 아이의 놀라운 성취는 지적인 작업의 결실이다. 꿈에 등장하는 날카로운 도구들은 예리한 이성의 상징이기 때문이다. 아이는 초등학교 1학년 입학과 함께 어머니로부터 독립이라는 중대한 과업의 첫 단계를 완수했다. 꿈은 '참 잘했어요'라고 확인 도장을 찍어준다.

그런 의미에서 모든 부모는 꿈에 자식을 죽여야 하고 모든 자녀는 꿈에 부모를 죽여야 한다. 이 아이가 이루어낸 성취가 얼마나 대단한가? 부모 같은 배우자에 대한 이야기를 입에 달고 사는, 몸은 어른이나 심리학적 실체는 아이인 어정쩡한 사람이 되지 않으려면 이 아이처럼 해야 한다.

성장하는 자녀의 꿈을 유심히 지켜보면 아이가 투사하는 내용이 금방 드러난다. 그리고 키가 자라듯 투사 내용이 진화한다는 사실도 알게 된다. 아이들의 투사는 성장의 이정표이다.

예를 들면, 다섯 살 아들이 세상에서 제일 존경하는 사람은 누구일까? 딱지를 많이 가지고 있는 형이다. 이 아이가 초등학교 2학년이 되어 자신이 딱지계의 고수가 되면, 딱지 많은 형은 동네 형일 뿐이다. 이즈음이면 소방관 아저씨나 스케이트보드 타는 형이 멋있어진다. 김연아 언니나 박지성 형처럼 구체적인 인물일 수도 있고 프로게이머나 아이돌 가수의 열렬한 팬이 되기도 한다. 이 모든 동경에 투사의 드라마가 작동하는 것이다.

아이들이 투사하는 대상은 시냇물을 건널 때 앞에 놓인 징검다리 같은 것이다. 눈앞에 돌을 딛고 돌로 걸음을 옮길 수 있다. 이 돌 하나하나가 성장 과정에서 단계적으로 넘고 가야 할 지표인 것이다.

발달 단계에서 투사는 대단히 중요하다. '세상에서 제일 멋있는 그 형처럼 나도 어른이 되면 딱지를 많이 따야지.' 이 정도는 대개 철이

들면서 투사가 철회된다. 쉽게 설명하자면 투사가 철회되는 순간, '딱지놀이 잘 하는 형'이 꿈에서 죽게 된다. 그리고 이 '딱지 형' 이미지에 가두었던 에너지는 이제 다른 형체를 취하게 된다.

투사와 영웅 숭배는 그리 다르지 않다. 멋있는 형이나 언니들은 아이들의 영웅이다. 이 영웅은 아이들의 마음 높이와 비례해서 성장한다. 그들의 영웅이 거듭 바뀌듯, 아이들의 성장은 투사가 철회되고 난 후 다음 투사가 이어지는 자연스런 반복의 과정이다.

마법의 투사, 로맨틱 러브

사랑도 투사일까? 분명 시작은 투사에서 비롯된다. 연분홍빛 첫사랑도 투사요, 맹렬한 광기에 불타는 로맨틱 러브도 투사다. 쭈글쭈글 사오십 년을 함께 이마에 나이테를 그리며 이루어온 뭉근한 사랑에도 투사 드라마가 작동한다. 투사란 내 안의 이미지를 상대를 통해 보는 것인데 오래, 함께 살아온 관계에서도 투사가 오고 갈까?

물론이다. 가까이 있어 서로를 잘 안다고 생각하는 사람들 간의 투사는 훨씬 복잡하긴 해도 투사가 오고 간다. 분명한 점은 투사를 다루는 능력이 성숙하고 아름다운 사랑을 하는 척도라는 점이다. 사랑이 투사의 드라마라면 투사가 철회될 때 사랑도 끝날까? 그렇다면 투사를 철회하려는 노력을 하지 말아야 할 것 같다. 하지만 바로 그때 성장 또한 멈추게 된다. 과연 '있는 그대로의 모습으로' 누군가를 사랑하는 게 가능하기는 할까?

이 세상 연인의 수만큼이나 사랑의 색채도 수없이 다양하다. 그럼에도 끊임없이 사랑을 다루는 대중매체는 로맨스만 사랑인 양 강조하고, 이에 노출된 우리는 로맨스 중독에 빠져 있다. 미디어는 천편일률적으로 '이루어질 수 없는 사랑'으로 고통받는 연인을 다룬다. 나부터도 이런 사랑 타령을 진부하다 욕하면서도 정작 방영시간이 되면 텔레비전 앞에 앉아 있다. 스스로 묻는다. 대리충족을 하고 있나? 어쨌든 연인의 사랑이란 달콤 쌉싸름하고 형용하기 어려운 다양한 간이 들어 있다. 참 맛있고 커다란 유혹이다.

로맨틱 러브는 12세기 서양에서 탄생한 개념이다. 중세 기사들이 이상형의 여인을 따르며 일생 숭배의 대상으로 삼던 전통에서 비롯되었다. 오늘날과 달리 이 관계에 혼인이나 섹스라는 개념이 개입되지 않았다. 12세기 관점으로 보면 우리의 로맨스는 이것저것 버무린 짬뽕이다. 순한 맛이든 매운 맛이든 설명할 길 없는 마법의 묘약처럼 낭만적 사랑의 신화는 면면히 이어져왔다. 8백 년 동안 인간 정신을 자극해온 힘은 결코 가벼이 다룰 일이 아닌 것이다. 로맨틱 러브의 힘을 깊이 탐색한 로버트 존슨이 『We』라는 책에서 이를 묘사한 대목이다.

사랑에 빠져 있을 때 우리는 마치 잃어버린 반쪽을 되찾은 듯 완전해지는 느낌을 받는다. 갑자기 일상의 세계 그 너머의 차원으로 들어 올려진 듯, 삶이 한층 고양된 느낌을 받는다. 모든 것이 강렬하고 초월적이며 장엄하다. 황홀경도 맛본다. 로맨틱 러브에서 우리는 사랑의 노예가 되고, 사랑하는 사람 안에서 삶의 궁극적 의미와 충만감을 찾기를 갈망한다. 결국 사랑을 통해 온전함을 체험하기를 소망하게 된다.

초월, 장엄, 황홀경, 충만감, 온전함, 삶의 궁극적 의미, 이 말들은 원래 종교에서 쓰던 표현이다. 로맨틱 러브는 신적인 차원을 넘나든다. 지상에서 맛보는 천상의 맛이고 인간 사이에서 신성을 체험한다. 그리고 이를 일생 '타는 목마름으로' 갈구하게 만든다. 하지만 이 지고의 순간은 현실에서 감당하기 어려운 종류의 것이다. 로버트 존슨은 로맨틱 러브를 백 볼트의 전기를 감당해내는 인간에게만 볼트의 전기가 흐르는 상태라 비유한다. 만 볼트에 노출되면 인간은 타 죽는다.

'불꽃'이라 이름표를 붙여 선인장을 선물해준 수녀님이 있었다. 당신이 본 내 이미지가 그러했나 보다. 오십 고개를 넘으니 불꽃같이 화염에 휩싸였던 순간들이 손꼽힌다. 그중 하나가 '비엔나 열기'였다.

박사 논문을 쓰던 중이었는데 비엔나 대학에서 논문 발표를 하게 되었다. 항공료와 숙박비까지 전액 지원해주는 특별 대우였다. 나는 그 도시가 비엔나라는 사실에 더욱 흥분했다. 프로이트가 살았던 그곳은 심층심리학 연구자들에게 그야말로 꿈의 도시다. 『꿈의 해석』이 출간되어 문화나 사조에 커다란 패러다임 전환이 이루어진 현장이기 때문이다. 비엔나 여행을 '섹시'하게 만들고 싶어 로스앤젤레스 공항을 출발하면서 빨간 립스틱을 샀다.

16명의 학자들이 모여 침식을 같이 하면서 닷새 동안 매일 오전 9시부터

5시까지 발표하고 토론했으니 대단한 스파르타식 강행군이었다. 멤버 중에 이스라엘에서 온 학자가 있었는데, 이 사람은 내가 말만 하면 토를 달았다. 쉽게 욱하는 나는 팔팔 뛰고 그도 꼬치꼬치 토를 달고, 제대로 싸움질을 했다. 그런데 아침 식사 시간이면 이 남자가 내 테이블로 와서 앉는 것이었다. 나는 제주 신화 발표를 했고 그는 제주와 비교할 거리가 많은 오키나와를 잘 아는 인류학자라 솔솔 할 얘기가 많았다. 그리고 어느 순간 로맨틱 러브의 주술이 뿌려졌다는 걸 산타바바라로 돌아와서야 깨달았다.

이상 고열에 들떠서 먹지도 자지도 못하고 몇 주가 갔다. 세상은 온통 핫 핑크였다. 나는 초콜릿 수렁에 빠져 있다가 앓던 자리를 박차고 일어나서 이메일을 썼다. 이런 뜬금없는 고백을 받는 사람 심정은 어떨지? 이 황당한 주책에도 피식 웃음이 새어 나오는 오십은 괜찮은 나이인 것 같다. 빨간 립스틱의 마력은 통했다. 그쪽에서 온 한마디, '너는 우리들의 장미였다you were our rose.' 하지만 나의 장미가 아니라 우리의 장미여서 일단락되었다.

이제 심심하고 밍밍한 사랑의 맛이 얼마나 귀한지, 뜨겁게 타지 않아도 잔잔한 결을 따라 주고받는 미세한 리듬을 음미할 줄 아는 나이가 되어간다. 구질구질 징글징글한 세월을 함께 겪어내며 깊은 주름살에 자긍심이 박혀 있고, 강인함 사이에 아이다운 장난기가 새어나오는 소박한 애정이 가슴에 더 와닿는 것이다. 마법을 기대하기보다 진솔하면서도 용감히 모진 풍파를 함께 넘는 뭉근한 사랑이 아름답다.

사랑의 역작과 투사의 철회

투사 없이도 사랑이 가능한가? 답은 '아니오'다. 만남은 투사 없이 이루어질 수 없다. 그러나 계속 투사에 머무르는 관계를 사랑이라 할 수 있을지는 회의적이다. 분명 건강한 사랑은 아니다. 나는 성숙한 사랑의 모습을 목도한 바 있다. 부단한 노력으로 있는 그대로 서로 사랑하는 커플을 가까이서 지켜볼 수 있었음을 행운으로 여긴다.

바로 꿈 선생님인 제레미 선생님과 아내 캐시의 사랑 이야기이다. 50년 결혼 생활을 유지하고 일흔이 훌쩍 넘어서도 여전히 닭살 커플이다. 겉모습은 외동딸 걱정을 하고 건강과 다이어트에 신경 쓰는 여느 부부와 다를 바 없다. 이 부부가 남다르다면, 아침마다 간밤에 꾼 꿈 이야기를 서로 나눈다는 것이다. 신혼 초부터 지금까지 50년 꿈 친구인 셈이다.

20년 전 수업 시간, 두 사람이 서로 다른 지역에 있었는데 둘이 똑같은 꿈을 꾸었다는 이야기를 들으면 마냥 신기했다. 요즈음은 선생님이 다른 지역에 워크숍을 하러 간 동안, 캐시가 집에서 읽는 책 내용이 선생님 꿈에 나온다고 한다.

10년 전 제레미 선생님은 여름 꿈 워크숍을 위해 한국을 방문했다. 그때 이런 일화를 들려주었다.

부부는 샌프란시스코 지역에 거주하는데 국내외로 수많은 워크숍을 주재하는 선생님은 그날도 미국 동부 지역에서 한창 워크숍을 진행하고 있었다. 그런데 워크숍 도중에 갑자기 머릿속이 하얘지더니 온몸에 힘이 빠지더라는 것이다. 찰나의 일이라 곧 정신을 수습하고 교실 가득 자기 얼굴만 쳐다보는 눈길을 의식하며 강의를 계속 진행했다고 한다. 바로 이 순간 미국 반대쪽에 있던 아내에게 심장마비가 일어났다는 사실을 안 건 호텔로 돌아와 의사가 남긴 메시지를 확인하고 나서였다. 심야였기에 비행기가 없어서 부랴부랴 다음날 새벽 샌프란시스코에 있는 아내 곁으로 갈 수 있었다. 다행히 아내는 건강을 회복했다.

이 사건은 금실 좋은 부부 사이에 깊은 골을 만들었다. 남편이 어찌할 수 없었던 상황이었음에도, 죽음의 문턱에 이른 절박한 상황에서 가장 지지받고 함께하고 싶은 남편에게 가닿을 수 없다는 외로움과 절망을 어찌할 수 없었다고 한다. 머리로는 이해하되 몸으로 올라오는 비이성적 감정을 어찌할 것인가? 부부는 이를 극복하기 위해 일 년 동안 함께 꿈으로 작업하면서 이 감정을 다루었다고 한다. 상대의 무의식적 갈망, 호소, 본능에까지 귀 기울이는 관계, 즉 진정한 소울 메이트의 모습이란 이런 종류의 관계가 아닐까. 더 놀라운 이야기가 있다.

선생님 부부는 꿈에 상대 배우자가 등장하는 경우가 거의 없다는 것이다. 투사하는 내용이 별로 없다는 말이다. 있는 그대로의 온전한 모습으로 한 사람을 만나는 것이 가능하다는 사실을 선생님 부부를 통해서 알게 되었다. 물론 100퍼센트 투사를 안 할 수는 없다. 명백하게 자기의 기대, 염원, 이상이란 색안경으로 바라보는 일은 없지만, 요즈음은 나이 들어가면서 건강이 안 좋아지자 아내에게 선생님 자신의 건강에 대한 염려나 아내에게 발달한 직관의 힘 같은 영역에 대해 어느 정도 투사가 일어난다고 고백한다.

신성함이란 평범을 깊이 들여다보는 것이다. 인간이 도달할 수 있는 사랑의 깊이와 친밀함의 정도가 신성의 차원으로 고양될 가능성을 가리키는 것이리라. 꿈으로 이어진 사랑이란 이름의 예술은 참으로 위대하다. 나는 제레미 선생님 부부에게서 꿈과 삶이 빚어내는, 위대한 사랑의 가능성을 보게 된다.

파괴적인 역사와 투사의 드라마

투사와 투사의 철회는 성숙과 온전함으로 나아가는 길이자, 세상에 평화를 안착시키는 길이기도 하다. 투사는 개인과 개인 간에 일어나는 현상만은 아니다. 집단 간에도 투사가 이루어지는데 그 위력은 가공할 만하다. 마음 안에서 일어나는 무형의 드라마일진대 무슨 실질적 파장이 있으랴 생각할지도 모르겠다. 하지만 인류 역사상 가장 야만적이고 파괴적인 현장에는 전부 투사 드라마가 작동했다.

집단 간의 투사는 어떻게 이루어지는지, 현재 벌어지고 있는 구체적인 사례를 통해 살펴보자.

혐한嫌韓이라는 단어가 자주 언급된다. 중국, 일본으로 확산되었고 최근 동남아에서도 눈에 띈다. 그 심각성이 우려의 수준을 넘어선다는 보도도 이어진다. 특히 한일 간의 문제는 가히 파국의 수준으로 치닫는다. 왜 이런 편견과 파괴적인 행위가 활개를 치는 걸까? 과연 인간이 진화를 하기는 하는지? 다람쥐 쳇바퀴 돌리듯 천 년 이상 되풀이해온 이 투사 드라마를 어떻게 볼 수 있을까.

일본인의 혐한 열기는 광기에 가깝다. 한국인의 반일 감정 또한 만만치 않다. 왜 이럴까? 왜구라는 말이 등장하던 시기부터 비롯된 기나긴 역사를 지닌 일이다. 정치적 원인, 역사적 맥락, 갈등을 조장하고 이용하는 세력에 대한 설명이 쏟아져 나온다. 쓰나미와 후쿠시마 원전 사고로 인해 고조되는 일본 사회의 불안과 정부에 대한 불신이 분노와 두려움의 폭탄이 되어 가미가제처럼 투하할 자리가 필요하다는 지적은 설득력이 있다. 그런데 이런 설명은 역사 초기부터 있어온 한일 간의 갈등과 침탈, 반목을 설명하는 데 미흡하다. 역사적 사건에는 매번 그 시대의 특수성이 작동함은 분명하다. 하지만 기저에 깔려 있는 이슈는 크게 달라지지 않은 것이 아닐지?

이는 한일 간의 문제만은 아니다. 아일랜드와 영국, 스웨덴과 덴마크, 이스라엘과 팔레스타인, 러시아와 핀란드, 중국과 몽고 등 국경을 마주하고 오랜 분쟁과 침탈이 오고간 앙숙 관계는 지구촌에 비일비재하다. 어쩌면 한일 간에 현상학적으로 드러나는 모습 그 너머에서 특별한 심리 프로그램이 작동하는 것은 아닐까. 그리고 이는 지구촌 전역에서 벌이는 투사 드라마의 메커니즘에 대해서도 힌트를 줄 수 있을 것이다.

한국인인 나는 자라면서 일본에 대해 많은 걸 보고 들었다. 그러나 유학 생활을 하는 동안 서양인들이 일본에 대해 갖는 환상을 접하면서 크게 충격을 받았다. 동양하면 맨 먼저 일본이었다. 서양인들의 일본 선망이 어느 정도였는지는 고흐, 모네 등의 유럽 인상주의 화가들의 작품을 보면 짐작이 간다. 내가 자라면서 들어왔던 일본 이미지와는 확연히 다른 것이었다.

지금 일본에서 일어나는 일에 초점을 맞추어보자. '조센진'이라는 라벨은 '타자'를 묶어 규정하는 명명법이고 '조센진' 라벨은 인간 이하의 표식이다. 라벨이 붙은 존재를 인간으로 존중하지 않는 나의 행동은 정당하다. 이 논리가 점차 신앙에 가까운 확신으로 변하고 이게 혼자만의 주장을 너머 비슷한 무리가 만들어지니 확신은 더욱 확고해져 간다. 전형적인 투사 드라마이다. 바로 여기에 준엄한 진실이 숨어 있다.

투사라는 거울 이미지로 규정한 한국인의 모습은 일본인들 스스로 부인하고 억압한 자신의 면면이다. 나는 존엄한 인간인데 반해 비인 간적이고 반인간적인 면은 내 것일 수 없으니 타자의 몫이라고 주장하는 것이다. 하지만 이런 투사를 계속 유지하기는 쉽지 않다.

편견이 강해질수록 겉으로는 부인할지라도 내면 깊은 곳에서는 이게 진실이 아니라는 사실을 알게 된다. 그래서 두려워진다. 이 두려움이 도전을 받으면 광적인 분노와 공포로 표출된다. 돌을 던지고 집을 부수고 사람을 해한다. 이 광기의 본질은 결국 자기 혐오이다. 자신의 인간성 중 열등하게 간주해서 수용이 불가능한 부분은 부인하고 억압 한다. 따라서 자기 부인이 결국은 타인의 인간성도 부인하게 되는 결과로 나타나는 것이다.

후쿠시마 사태는 해결의 실마리조차 없는 듯하다. 쓰나미가 강타한 어촌 마을들은 재건 계획만 난무할 뿐 공사는 진척이 없다. 건설업자들은 도쿄 올림픽을 위해 매진하고 있기 때문이다. 정치적으로 이용되는 또 다른 투사의 드라마가 올림픽이다. 올림픽은 국민의 눈을 돌리고 귀를 막아 근거 없는 행복감과 환상을 심어주기에 좋은 수단이다. 현실을 망각하게

만드는 주술로 이용되는 경우가 비일비재하다. '방사능도 쓰나미도 지진도 잊고 일본의 건재함을 만방에 떨치며 인류의 평화를 노래합시다!' 절묘한 타이밍이다.

이 야만의 드라마는 인류가 자행한 집단적 편견과 이에 따른 파괴 행위 때마다 반복되어 왔다. 역사상 가장 참혹하고 사악하고 파괴적인 행위는 전부 투사의 드라마가 연루되어 있다. 나치가 유대인에게, 백인이 흑인에게, 기독교인이 기독교가 아닌 다른 종교에게, 유럽 백인이 북미 원주민에게, 제1세계가 제3세계에게, 한국인이 외국인 노동자에게, 그리고 남성이 여성에게 투사를 한다.

왜 이렇게 할 수밖에 없을까? 긴긴 역사적, 정치적 사건들을 단순화하려는 의도는 없다. 하지만 암흑의 역사는 우리 한 사람 한 사람의 기여 없이 일어나지 않는다. 내 안에 한 치도 없는 내용이라면, 아무리 집단광기가 회오리를 일으켜도 동참할 수 없다. 사회 문제를 개인의 문제로 귀결시켜 책임을 개인에 전가하는 것은 억울한 일이다. 그럼에도 시작은 한 사람부터라는 것도 사실이다. 집단의 광기에 에너지를 보태지 않으려면 결국 나부터 그러한 각성이 비롯되어야만 한다. 이런 한 사람 한 사람이 모여 집단 의식을 만든다.

꿈을 통한 투사의 철회

나는 뭘 투사하지? 이는 막연한 질문일 수 있다. 하루 24시간 언제나 투사를 하는데 그 내용을 알아차리기는 쉽지 않다. 이럴 때 꿈이 도움 된다. 꿈은 마음 속에서 벌어지는 드라마들을 전시해준다. 내가 투사하는 내용을 구체적으로 알고 싶을 때 꿈이 적나라하게 그 내용을 보여주는 것이다. 그리하여 꿈과 원활한 소통을 통해 자신이 하는 투사를 알아채고 진정한 나를 발견할 수 있다. 구체적인 사례를 통해 힌트를 얻어보자.

세상에서 가장 싫어하는 사람이 종종 꿈에 등장한다. 아니, 싫든 좋든 '가장'이라는 수식어를 붙일 정도라면 꿈에 안 나오는 게 오히려 이상하다. 이는 투사를 가장 강하게 한다는 말이기 때문이다.

지인 중 환갑을 막 넘긴 남성이 있다. 어느 날 이분 꿈에 자기 처남이 등장했다. 이 집에서 '처남 닮았다'는 소리는 기분 좋은 말이 아니다. 재산이 많은 처가였고 처남이 재산 관리를 한다는 명목으로 전 재산을 자기 몫으로 돌리고 어머니에게 직불 카드 하나를 만들어주었단다. 어머니가 카드를 쓸 때마다 금액이 통보되면 즉각 전화를 걸어 "엄마 또 샀어?" 잔소리를 한다니, 엄청난 돈만큼 욕심도 큰 사람인가 보다.

이런 처남이 꿈에 등장했으니 마음이 편할 리 없다. 꿈에 등장하는 모든 요소가 꿈꾼 사람의 일면을 반영한다는 사실을 알 만큼 꿈에 대한 지식이 있는 분이기에 아내에게 물었다. "나한테 처남과 닮은 부분이 있어?" 아내는 일초의 망설임도 없이 그렇다고 답했다. 둘 다 자기가 옳다고 믿고 타인의 의견은 아예 듣지 않는 고집불통이라고 말이다.

며칠 숙고한 다음, 그는 큰 처남과 닮은 자신의 모습이 더 있더라고, 자기도 큰 처남처럼 유산 상속에 욕심이 있다고 고백했다. 큰 처남 같은 짓은 하지 않지만 장모한테 잘하면 일정 유산을 받으리라 기대하고 있었다는 것이다. 그런데 처남이 재산을 다 빼돌리니 화가 났다고 한다.

이런 성찰 능력과 진솔함이 존경스럽다. 이를 말로 표현하는 용기는 더욱 부럽다. 투사가 자기 수용과 어떻게 연결되는지 보여주는 좋은 예다. 자신에게는 없다고 부인하던 내용을, 그런 행위를 적나라하게 하는 처남에게 투사했다. 아마도 이런 경험을 한 다음부터는 처남의 처사에 쏠리던 불편한 마음으로부터 훨씬 자유로워졌을 것이다.

투사는 부정적인 내용만 하는 것이 아니다. 긍정적인 투사도 일어나는데 이 경우도 부정적 투사만큼 에너지를 낭비하고 파괴적이다.

내가 존경하는 로버트 존슨의 꿈이다. 그는 분석 초기에 알베르트 슈바이처 박사를 씹어 먹는 꿈을 꾸었다 한다. 어릴 때부터 로버트 존슨이 가장 존경하던 인물이 슈바이처 박사였다. 이 둘은 공통점이 많다. 어린이의 영웅이 성장의 이정표라는 말이 적용되는 상황이기도 하다. 슈바이처 박사를 존경하며 성장한 존슨은 어느새 치유자, 사상가이자 파이프 오르간 연주자가 되었다. 이 꿈은 존슨이 지닌 긍정적인 재능과 인류애를 더 이상 슈바이처 박사에게 투사하지 않아도 될 뿐 아니라 이미 그런 특질들을 자신의 힘과 재능으로 받아들인다는 표식이다. 투사해놓고 슈바이처를 통해 바라보던 자신의 재능들을 씹어 먹어 자신의 몸과 피로 만든다. 주님의 몸 대신 슈바이처의 몸이 영적 자양분이 된다. '길에서 부처를 만나면 부처를 죽이라'는 선불교의 가르침도 떠올리게 된다.

꿈을 통해 부정적 투사를 철회하는 것은 대단한 용기가 필요한 일이다. 긍정적인 투사를 철회하는 것도 그에 준할 만큼 숭고한 일이다. 언뜻

보기에 긍정적인 투사를 의식화할 필요성은 상대적으로 덜 중요하게 여겨질 수 있다.

그러나 긍정적 투사의 폐해도 부정적인 투사의 폐해만큼 크다. 험한 투사처럼 직접 돌을 던지지는 않더라도, 긍정적 투사가 일어나는 자리에는 책임을 상대에게 전가한다. 그리고 자신은 뛰어난 사람 뒤에 숨어 지낸다. 자신의 우수함을 타인에게 양도하는데, 자기 것을 다른 사람에게 줘놓고 어느 시점이 되면 상대가 한 성취는 전부 자기 것이라 착각한다. 그러면 숭배하던 상대가 공격의 대상으로 바뀐다. 이는 당사자 개인의 비극일 뿐 아니라 세상도 빼어난 인재 하나를 잃는 결과를 낳는다.

나는 한편으로 투사와 암세포가 닮았다고 본다. 은유적으로 암이란 '제대로 쓰지 않는 에너지'이다. 방치되어 정체된 에너지가 있으면 그 자리에서 성장이 멈춘다. 그 내용을 타인에게 투사해놓고 바깥만 보고 있으니 자신을 외면하는 것이다. 거울을 유리라 착각하고 있는 상태인데 이럴 때 투사가 '초대'임을 이해한다면 상황은 달라진다.

투사하던 내용을 자신의 의식으로 통합하면 슈바이처 박사 꿈처럼 그 대상은 죽음으로 나타날 확률이 크다. 그러면 그 이미지에 투사되었던 에너지가 해방되어 다른 자리를 찾는다. 죽고 나고를 거듭하며 성장하는 것이 의식의 발달에서도 자연스러운 리듬이고 순리이다. 투사를 박제해버리면 자신을 파괴하는 암세포처럼 에너지가 정체되는 것이다.

긍정적이든 부정적이든 투사는 선택 사항이 아니다. 위의 사례들은 투사를 이해하고 이를 자기 성장의 계기로 삼은 경우들이다. 영원히 투사에서 자유로울 수는 없다. 다시 한 번 투사의 본질은 초대임을 명심하자. 나를 비추어 볼 수 있는 거울로의 초대에서 거울에 비치는 이미지는 성장을 위한 이정표가 된다.

무의식은 지금 이 순간 알아차려야 할 메시지를 친절하게 의식이 도달한 지점 한두 걸음 앞에 징검다리로 놓아준다. 또박또박 천천히, 하나씩 건너다보면 어느새 드넓은 의식의 지평이 열린다. 그리하여 더 본성다운 자신, 더 자연스러운 자신, 더 자유로운 자신을 만나게 될 것이다.

3

아니마와 아니무스
이야기

내면의 존재가 미치는 영향

인간은 심리학적으로 양성이다. 남자 안에 여자가 있고, 여자 안에 남자가 있다. 칼 융의 이 발견은 우리가 혼란스러워 하는 많은 문제들에 통찰을 제공해준다. '여자는 이해할 수가 없어.' '도무지 남자는 알 수가 없어.' 흔히 하는 탄식이다. 프로이트의 유명한 화두를 떠올려보자. '여자가 진정으로 원하는 것은 무엇인가?' 그러면 '남자가 진정으로 원하는 것은 무엇이란 말인가?' 이뿐만 아니라 '삶이 왜 이리 무가치하고 무의미하지?' 이 또한 양성성과 밀접하게 연관된 질문이다.

융은 16년간 무의식 세계를 탐험하고 직접 자신이 체험한 세계를 토대로 이론을 구축했는데 그중 하나가 아니마anima, 아니무스animus에 대한 이론이다. 좀 더 부연하자면 융은 무의식 속에는 인류의 신화와 기억이 배어 있다고 주장한다.

이는 그의 스승 프로이트가 개인의 성욕에 대한 억압을 중심으로 무의식을 설명한 것과는 배치되는 것인데 바로 이것이 스승과의 결별 원인이었다. 아니마는 영혼soul, 아니무스는 영spirit을 뜻하는 라틴어이다.

융에 따르면 남성의 내면에는 아니마가 살고 있고 여성의 내면에는 아니무스가 살고 있다는 것이다. 그리고 우리는 아니마와 아니무스, 앞장에서 다룬 투사를 통해 인간 내면의 실체를 더듬을 수 있다. 내 안에 존재하는 아니마, 아니무스는 어떤 이미지인가? 나는 이 내면의 실체를 주로 어떤 사람에게 투사하는가? 또 내면의 파트너를 바깥에서 만나는 상대방에게 투사한다면 이 관계는 어떠한가?

이들 내면의 존재가 당장 눈앞에 보이지 않으니 모호하게 다가올 수도 있다. 하지만 장담하건대 그 영향력을 알고 나면 놀라지 않을 수 없을 것이다. 이들은 우리의 일거수 일투족에 영향을 미친다. 우리가 일생 동안 만나는 사람이나 선택에 지대한 영향력을 행사한다. 이를테면 남자가 무드에 사로잡힐 때 과잉 선심을 쓰거나 얼토당토 않는 선택을 빈발하는 경우가 있다. 또 감정 조절이 어려워 아무데서나 폭발하기도 한다. 이는 남성이 내면의 여성과 맺는 관계가 표출되는 양상이다. 심리학에서는 이를 아니마와 관련지어 설명한다.

반면 여성이 아니무스의 지배를 받을 때는 싸움닭이 되기 쉽다. 누군가를 신랄하게 공격하거나 편협하게 비판할 때도 아니무스가 작동한다. 반대로 너무나 순종적인, 스스로 어떤 결정도 내리지 못하고 똑같은 문제로 몇십 년 고민의 쳇바퀴만 돌리는 여인도 실은 아니무스 문제를 지니고 있다.

융에 따르면 이 내면의 여성과 남성은 개인을 넘어 인류의 기억에 저장된 무의식의 심층, 즉 원형에 속하는 것이다. 따라서 인류의 경험과 기억이 전승되어온 이야기, 노래, 이미지 등에 그 흔적을 남겨왔다.

이 장에서는 아니마, 아니무스와 관련해 문학과 예술을 주로 다루고자 한다. 이를 토대로 실제 아니마, 아니무스 문제를 겪고 있는 여성과 남성의 삶에서 이 내면의 존재가 어떻게 영향을 미치는지 구체적으로 살펴볼 것이다. 마지막으로 아니마, 아니무스의 본질적인 가치를 밝힘으로써 발달된 내면의 파트너가 우리에게 제공하는 놀라운 선물을 보고자 한다.

아니마와 아니무스는 무엇인가?

이 땅에 사는 남자들의 이상은 우렁각시가 아닐까? 불행히도 우렁신랑 이야기는 없다. 여성성, 남성성이 균형을 잃은 사회의 특질을 반영하는 현상일 것이다. 어릴 때 들었던 우렁각시 이야기를 떠올려보자.

농부가 밭을 갈러 집을 나가면 누군가 나타나 집을 깨끗이 청소하고 옷을 빨아 정돈해놓고 맛깔 나는 요리를 차려놓는다. 농부가 집으로 돌아오면 이 존재는 감쪽같이 사라지고 정갈한 살림과 모락모락 김나는 저녁 밥상이 농부를 맞는다.

조청같이 달달한 꿈이다. 삶이 팍팍할수록 이런 따뜻함과 무조건적인 돌봄에 대한 환상이 가슴자리를 깊이 차지한다. '우렁각시는 환상일 뿐이야!' 이성적으로 단정하지만 내심 내 파트너가 이렇기를 갈구하지 않는 남자가 있을까? 남성들이 여자 앞에서 우렁각시 타령을 할 때 대부분의 여성들은 뜨악해할 것이다. 그런데 많은 여성들도 '우렁신랑'

타령을 한다. 내 남자가 왕자고 뽀빠이고 타잔이고 슈퍼맨이기를 은연중에 바란다. 이걸 참아주기는 남자들도 쉽지 않을 것이다. 그런데 이 현실성 없는 남자와 여자에 대한 환상은 도대체 어디서 온 것일까? 이 물음은 앞으로 계속 논의할 주제다.

조금 다른 결의 옛이야기가 있다. '구렁이 처녀' 이야기다. 옛날 한 선비가 산속에서 길을 잃었다. 사방에 인가라고는 보이지 않고 온통 나무와 풀, 어둠뿐이다. 그때 멀리서 희미한 등불 하나가 깜빡인다. 등불을 향해 안간힘을 써서 나아가자 고래등만 한 기와집이 나온다. 대문이 열리며 절세가인이 나와 선비를 안으로 맞아들이고 산해진미를 대령한다. 배도 채우고 마음도 풀어지고 방은 따스하니 잠이 쏟아진다. 이 여인은 잠자리에도 함께 든다. 늘어지게 자던 선비가 갑갑함을 느껴 눈을 떠보니 커다란 구렁이가 몸을 칭칭 감고 입을 커다랗게 벌리고 있다.

이 환상은 또 뭘까? 악몽은 앞서 '정신 차려. 이 사람아!'라는 경고의 의미라고 설명한 바 있다. 이 악몽 같은 이야기는 '우렁각시' 이야기 보다는 진화한 듯하다. 즉 여자에 대한 남자들의 근원적 두려움을 나타낸다. 여인이든 어머니든 자연이든 그 존재에 흡입되고 삼켜지고 녹아버리고 분해되어 사라져버릴지 모른다는 불안이다. 바로 죽음에 대한 두려움과 직결된다.

우렁각시도 구렁이 처녀도 모두 '아니마' 인물이다. 개개인을 넘어 집단의 투사를 간직한 옛이야기 속 이미지들은 내 안의, 그리고 우리 안의 어떤 모습을 투영할까? 그전에 제기되는 문제가 있다. '우렁각시를 상징으로 보느냐?' 아니면 '현실에 있을 수 있는 사람으로 보느냐?' 이다.
이 식별은 참 어렵다. 머리로 이해를 해도 실제 삶에서 의식화하려고
노력하는 사람은 극히 드물다. 그런데 이 질문을 탐색하는 깊이에 따라
삶의 질은 완전히 달라진다.

파트너나 배우자가 있거나 말거나, 일생 내 마음의 '각시'를 찾아 삼만
리를 떠도느냐 아니면 내 안의 이미지와 내 밖에서 만나는 사람의 현실적
차이를 이해하느냐의 문제인 것이다. 내면의 파트너와 바깥의 실제
파트너는 삶에서 전혀 다른 색채의 풍성함을 거둘 수 있도록 한다.

문학에 묘사된 아니마, 아니무스

인류 가슴에 영원한 불꽃인 연인들이 있다. 오디세우스의 아내 '페넬
로페', 이슬의 순수함을 지닌 '프시케', 트로이 전쟁을 촉발시킨 '헬렌',
라스콜리니코프의 구원의 여인 '소냐', 파우스트의 '그레첸', 단테의 '베아
트리체', 지바고의 열정 '라라', 트리스탄의 '이졸데'. 이름만으로도 활활
가슴에 불길이 인다. 열정, 사랑, 영감과 구원의 여신이 인간의 모습으로
화한 인물들이다. 그런데 이런 상상의 꽃들이 서양인만의 전유물은
아니다.

경국지색이라는 말처럼, 중국에는 나라의 흥망을 좌우했던 절세가인
양귀비와 왕소군, 그리고 서시가 있었다. 이들의 미색은 왕이나
뭇 남정네뿐 아니라 날아가던 새도 반해버려 나는 것을 잊고, 달이 그

모양새를 바꾼다 했다. 대륙의 장쾌함에는 못 미치지만, 노인네가 절벽을 단숨에 뛰어 올라 꽃을 따다 바쳤다는 수로부인도 애틋한 신비와 아름다움을 자랑한다. 조선시대 남정네 가슴에는 황진이와 매창이 뜨겁게 살았다. 단아한 고매함은 사임당의 자리였고 난설헌은 수많은 문사들의 가슴을 흔들었다.

그렇다면 뭇 여성들을 설레게 만든 열정의 연인들은 어떤가? 중세 이후 서양 여인의 가슴은 성배 신화의 주인공 파르시팔과 원탁의 기사들이 차지했다. 그 이전 그리스에는 유연한 지혜와 불굴의 힘, 변함없는 절개를 겸비한 오디세우스가 있었다. 아도니스의 결 고운 미색은 언제나 여심을 핑크빛으로 달뜨게 만들고 헤라클레스와 아킬레스의 섹시함도 특별한 매력이 있다. 소녀들의 영원한 로맨스였던 키다리 아저씨, 그리고 앨버트 아저씨의 부드러움과 테리우스의 야성은 얼마나 행복한 고민을 안겨주었던가.

모든 남녀에게는 공히 '불멸의 연인'들이 있다. 이들은 누구인가? 문학이 그리는 이 연인들은 옛이야기 속 등장 인물보다는 덜 추상적이고 한결 우리 가까이에 있는 듯하나, 여전히 베일에 싸인 인물임은 마찬가지다. 아무래도 전설이나 신화 속 인물에 가깝고 영원이나 불멸이라는 단어가 어울리다보니, 인간보다는 신 쪽에 무게가 실리는 이미지다.

이 인물들이 다소 현실성이 떨어진다 해도, 그저 상상의 산물들로 치부하는 건 현명하지 못하다. 왜냐하면 이들을 상상해낸 우리의 심리에 대해 무언가를 이야기해주기 때문이다. 무엇보다 그런 상상조차 없었다면 팍팍하고 진부한 삶을 견뎌내기 어렵지 않았을까. 열정의 불이

꺼지고 영감의 샘이 마른 가슴은 모래바람 서걱거리는 황량한 사막일 것이다.

언젠가 이런 인물이 나타나기를 기다리고 평생 이들을 찾는 사람의 심리는 어떨까? 영원이나 불멸을 가슴에 품고 불굴의 영웅도 절세가인도 아닌 평범한 일상을 살아내야 하니, 지상의 삶이란 그야말로 분열로 고통받는 비극일 것이다. 늘 찾아 헤매며 떠돌아야 하는 삶은 땅에 발이 닿지 않는 부초와 같고 일생의 삶이 풍화되는 느낌일 것이다. 중세의 트리스탄이 바로 이런 운명의 소유자였다.

'내면의 파트너'에 대한 현대인의 태도는 대체로 햄릿 같다. 이러지도 저러지도 못하고 '이상'을 찾아 헤매다가 때로 옆길로 새기도 하고 그러다 좌절한다. 접자니 유혹이 너무 크고 포기하자니 지불할 대가도 만만찮다. 불멸을 삶에 안착시키려 지상에서 만난 연인과 손가락 걸고 서약까지 해보지만 이 전략이 성공할 리는 없다. 영원을 한시적 삶에 붙박으려는 시도란 애초에 불가능하기 때문이다. 그렇다면 우리는 이 운명 앞에서 무엇을 할 것인가? 먼저 아니마와 아니무스에 대한 논의들을 살펴보면서 이 주제에 한발 더 다가가 보자.

내면의 파트너에 대한 논쟁들

'내면의 파트너'라는 표현이 낯설 수 있다. 내면 세계에 친숙하지 않은 사람들에게는 모호하게 다가올 법하다. 그러나 암호처럼 보이던 수학

© 유한미

문제도 공식을 알고 나면 의외로 간단하게 풀리는 것처럼, 새로운 관점으로 자신의 삶과 특히 파트너와의 관계 이슈를 돌이켜보자. 왜 지금의 파트너를 만났는지? 나는 어떤 유형을 좋아하는지? 일관된 패턴이 있는지? 아니면 나는 왜 파트너를 만나기가 힘든지? 먼저 자신에게 이런 질문을 던져보는 것으로 시작하자.

일상에서 파트너를 만나듯이 내면 세계에도 파트너가 존재한다는 게 융의 이론이다. 그런데 알고 보면 이 둘은 아주 밀접하게 연결되어 있다. 일상에서 만나는 파트너는 내면에 존재하는 파트너의 영향을 받아 결정된다고 보는 것이 맞다. 이 내면의 파트너에 대해 우렁각시나 구렁이 처녀 등 문화권마다 다양한 방식으로 투사를 해왔다. 그런데 내면의 실체에 대해 구체적인 이름을 붙이고 투사를 의식화할 발판을 마련한 이는 칼 융이다.

융은 남성의 무의식에는 아니마라는 여성이, 여성의 무의식에는 아니무스라는 남성이 존재한다고 한다. 아니마를 에로스의 원리, 아니무스를 로고스의 원리라고도 한다. 융은 아니마를 감정feeling, 아니무스를 사고thinking와 동일시했는데 이 부분을 훗날 여러 학자들이 비판하게 된다.

대표적인 학자가 제임스 힐만James Hillman이다. 힐만은 감정을 여성성으로, 사고를 남성성으로 규정하는 것은 지나친 단순화라고 지적한다. 에로스와 로고스를 각기 남성성의 원리와 여성성의 원리로 구분하는 것 또한 무리라고 지적하는데 실제로 그리스 신화에서 에로스는 여신이 아니라 남신임을 근거로 들기도 했다.

나아가 힐만은 원형이란 인류 보편적인 것이기에, 융이 주장하듯 아니마는 남성에게만 있고 아니무스는 여성에게만 있다면 이는 이미 원형의 정의에 위배된다고 지적한다. 힐만의 결론은 남성의 내면에도 아니마와 아니무스가 있고 여성의 내면에도 아니마와 아니무스가 있다는 것이다.

융과 융의 제자 힐만의 이견은 이 분야 전문가들 사이에서도 뜨거운 논쟁거리다. 논쟁은 전문가들 몫으로 남기고, 내 꿈과 내 경험을 성찰할 때 두 관점을 다 적용해보고 어느 렌즈가 더 도움되는지 스스로 판단하는 것이 최선일 것이다. 나는 '제임스 힐만 학교'라는 별명이 붙을 정도로 그의 영향력이 강한 학교에서 공부했다. 그래서인지 인간 정신의 신비를 탐색하는 데 가장 영감을 받은 이가 제임스 힐만이고 이 문제에 관해서도 힐만의 견해를 존중한다. 내게 융은 앞을 보지 못하는 사람에게 세상을 볼 수 있도록 눈을 선물해준 격이고, 힐만은 세상을 훨씬 더 정교하게 관찰할 수 있는 고급 렌즈 하나를 선물해준 느낌이다.

다시 돌아와서, 아니마와 아니무스는 성 편견에서 자유롭지 못한 용어이고 성적 소수자에 대한 고려 또한 섬세하지 못한 개념임에 틀림없다. 최근에는 콘솔이라는, 배우자 동반 혹은 반려자라는 의미의 중성적인 개념을 소개하는 학자들도 있다. 개인적으로는 '불멸의 연인'이라는 표현이 뉘앙스나 의미 면에서 적절한 번역이 아닐까 생각해본다. 하지만 이미 아니마, 아니무스가 널리 사용되고 있으므로 여기서는 이 용어에 여러 이견이 있음을 밝히는 정도로 그치고자 한다.

분명 내면의 파트너는 본래의 자신을 이해하는 데 도움이 되는 시각이다. 그뿐 아니라 '남자는 이래야 해!' 혹은 '여자는 당연히 이래야지!'라는 식의 배타적 성 역할에서 우리를 자유롭게 해준다. '남자다움'에 얽매이거나 '여자다움'에 짓눌리는 대신, 여성성이 발달한 남성, 남성성과 조화를 이룬 여성이라는 훨씬 건강하고 진화한 인간상에 대한 눈을 열어주었기 때문이다.

여성성과 남성성, 그리고 음과 양

여성과 남성, 여성성과 남성성을 언급할 때마다 어려움이 있다. 여성성, 남성성이 기존의 여자다움과 남자다움의 덕목이라는 선입견과 겹쳐지면서 혼란을 주기 때문이다. 이럴 때 동양에서 말하는 음양이라는 빼어난 표현이 도움된다.

음과 양을 설명할 때 가장 빈번하게 사용되는 비유는 달과 태양이다. 태양은 환해서 모든 것이 선명하고 명징하다. 그렇지만 한낮의 햇살은 지나치게 뜨겁고 건조해서 서늘하게 식혀주거나 물기로 적셔주는 밤이 없으면 땅은 말라 황폐해지고 뭇 생명은 타죽는다. 반면 달에 비유되는 음은 은은하고 물기를 머금고 있으며 어둡고 서늘하다. 태양처럼 명징하거나 구분이 확연하지 않기에 이 자리에 오래 머물면 혼돈에 빠져 헤어나기 어렵다.

심리학적으로 양의 특질을 말하자면 마치 궁수가 과녁을 노려보듯 초점이 한곳에 맞추어져 있기에 목표지향적이다. 이성이나 분석력이 뛰어나고 의지가 강하다. 힘에 대한 추구도 열렬하다. 반면 음은 물기로 대변되는 감정과 정서의 장이다. 이 자리는 활발한 상상력의 자리여서 꿈이나 판타지, 이미지가 약동하고 따라서 늘 창조적이고 비옥하다. 양은 음의 풍요 없이는 메말라 지나치게 견고해져서 이미 확립된 삶의 틀 안에 고착된다. 음의 삶은 양이 주는 명료함 없이는 혼돈 상태이고 분화가 이루어지지 않는다. 음도 양도 각기 독자적으로는 존재할 수 없으며, 음의 풍요는 양의 기운을 만나야 땅에 꽃이 피고 자궁은 새 생명을 잉태한다.

우리는 압도적으로 편향된 양의 세상에 살고 있다. 남성뿐 아니라 여성도 편향되어 있기는 마찬가지다. 음이 왕성하던 시기는 아득한 인류 초창기의 일이라 상상조차 어렵다. 분명한 점은, 균형을 상실한 편향된 사회는 건강하지 않을 뿐 아니라 위험하기까지 하다. 지금 우리가 사는 매일의 모습이, 뉴스를 채우는 사건사고들이 바로 균형을 상실한 사회가 얼마나 파괴적인지, 이런 사회 구성원들의 내면 풍경이 얼마나 황폐한지 비추어주는 거울 같다. 우리 사회, 그리고 지구 전체가 직면한 이 문제들을 개인의 상황에서 풀어보자니 어불성설처럼 들릴지도 모른다. 이럴 때 탈무드의 진리를 떠올린다. '자신을 구하는 것이 세상을 구원하는 것이다 To save oneself is to save the world.' 역은 불가능하다.

내가 바뀌지 않으면 세상이 달라지기를 기대할 수 없다. 지금 우리가 탐색하고 있는 내면의 파트너가 바로 나와 세상을 바꾸는 핵심 열쇠다. 내면의 파트너가 어떻게 구원자가 될 수 있는지 좀 더 이야기해보자.

첫사랑을 기억하라

내면의 파트너가 있다는 사실을 알 수 있는 단초가 첫사랑이다. 대개는 정체성에 대한 고민이 시작되는 사춘기 즈음 첫사랑이 찾아온다. 누구나 설렘으로 달떠 황홀한 열병을 앓던 이 순간을 잊지 못한다. 운 좋게도 중학교 1학년 풋풋한 소녀에게서 꿈 이야기를 들을 수 있었다. 벚꽃잎이 떨어지는 봄날 좋아하는 소년의 팔짱을 끼고 걸으며 색종이에 사랑의 편지를 써서 나누는 꿈이었다. 발그랗게 물든 뺨을 하고 공들여 쓴 편지를 읽는 장면을 떠올리니 꽃내음이 진동할 것 같다.

우리는 왜 기억의 방 서랍에 담아둔 첫사랑을 거듭 끄집어낼까? 잃어버린 순수함 때문일까? 그때 본 세상의 찬란함 때문일까? 이 고운 첫사랑에는 진정한 나를 찾아가는 여정에 필요한 무언가가 있는 것은 아닐까?

이 소녀는 실제로 상대 소년에 대해 아는 바가 거의 없다. 하지만 그런 점은 소녀에게 전혀 문제되지 않는다. 평범한 아이가 왕자로 둔갑한다. 햇살은 찬란하고 하늘은 연분홍 꽃비를 뿌리고 세상은 다채롭게 물든다. 특별한 광채가 나는 소년은 소녀의 아니무스다. 소녀가 소년을 통해 보는 이러한 신적 특질은 아니무스의 것인데, 이것이 바로 첫사랑의 마법을 가능케 한다. 하지만 소년의 실제 모습이나, 둘 사이의 만남과는 별 상관없는 소녀의 투사다.

첫사랑은 가장 극적인 형태로 투사와 우리 내면의 파트너, 즉 불멸의 연인이라는 존재의 단초를 보여주는 사건이다. 그리고 이는 그 자체로 삶을 생기있게 만들고 우리를 흐뭇하게 만드는 추억이다. 하지만 성인이 되어 매번 첫사랑의 열기를 반복하며 내면의 파트너를 상대를 만날 때마다 투사한다면 성숙한 사랑을 하기 어렵다.

개성화의 걸작

융은 의식이 무의식을 대면하고 동화해나가는 과정, 즉 나보다 더 큰 내 안의 나를 만나는 과정을 '개성화 과정'이라고 부른다. 그 과정에서 인류의 심층을 통과해온 집단적 무의식의 원형들을 대면하게 되는데 가장 중요한 원형이 바로 아니마와 아니무스, 즉 우리가 무의식의 심층에서 만나는 내면의 파트너이다. 융은 특별히 내면의 파트너와 만나 관계 맺는 것을 '개성화의 걸작masterpiece of individuation'이라고 불렀다. 우리의 삶은 내면의 파트너와 일생 동안 관계를 맺으며 벌이는 분투라고 해도 무방할 것이다. 그만큼 중요하다는 이야기다. 현실에서 만나는 파트너와는 관계를 끊을 수도 있지만 내면의 파트너와 헤어지는 것은 선택 사항이 아니다. 일생 긴밀한 관계를 유지해야만 하는 사이다.

실제로 대다수의 사람들은 내면 세계와 외부의 현실이 뒤섞여 복잡한 드라마를 만들어낸다. 한 여자와 여자의 아니무스, 한 남자와 남자의 아니마, 이 넷이 만나서 서로 좌충우돌하는 것이다. 이때 아니마와 아니무스가 전면에서 활동할수록 관계의 지속이나 성숙한 관계는 어렵다. 무엇보다 이 드라마의 최대 난제는 로맨틱 러브다.

로맨틱 러브는 연분홍빛 첫사랑을 붉게 타는 장밋빛으로 채색한 것이다. 헤아릴 수도 없이 많은 드라마와 영화가 로맨틱 러브라는 단일 주제에 투사 놀이를 적절히 버무린 요리를 제공한다. 식상한 주제임에도 여전히 사람들을 빠져들게 하는 마력은 무엇일까? 아마도 첫사랑의 신비한 광채처럼 로맨틱 러브에도 신의 마법이 작동하기 때문일 것이다.

이 찬란하고 황홀한 만남의 대상을 '이졸데'라 부르는 친구가 있다. 흔히 그러하듯 현실의 경험은 구름 사이로 고개를 내밀었다 금세 사라져버리는 달 같았다. 그러니 그 애달픔을 어찌하랴? 친구가 자신의 이졸데를 반추하면서 "그 여인을 위해서 일생 헌신하고 싶어"라는 고백을 했다. '그래, 바로 그거야!' 나는 턱밑까지 올라온 소리를 그냥 삼켰다. 그토록 로맨틱한 환상을 끝없이 되새김질할 때는, 스스로 상황을 파악하고 치유하려는 무의식적 욕구가 연루되어 있다는 반증이기 때문이다.

'로맨틱 러브'에 취한 순간적 황홀함 뒤에도 그 상태에 빠져 있을 때 삶이 얼마나 비극적인지를 중세 신화 '트리스탄과 이졸데'가 잘 보여준다. 그런데 왜 현대에까지 이 중세의 비극을 재생산하는 걸까? 『로미오와 줄리엣』이 그렇고 영화 〈잉글리쉬 페이션트〉가 그렇고 드라마 〈내 남자의 여자〉가 그랬다. 왜 인류는 이다지도 오래 로맨틱 러브라는 초콜릿 늪에 빠져 지낼까?

아니마, 아니무스에 대한 목마름의 본질은 온전해지고자 하는 욕구이다. 잃어버린 반쪽을 찾아 하나가 되려는 열망인 것이다. 그러니 종교적인 차원이 들어 있다. 이 숭고함을 바깥에서 만나는 상대에게 투사해서 상대가 자신의 열정이나 영감의 샘이 되어주기를 기대한다. 또 이런 파트너를 만나기만 하면 삶의 외로움과 소외, 허무가 해결될 것이라고 여긴다. 결론부터 말하자면 그는 '착각의 늪'에 빠졌다.

나는 늘 자신의 내면을 분석하고 꿈 작업을 하는 사람들과 지내기 때문에, 내면의 파트너를 성숙하게 다루는 이들을 본다. 오랜 세월 '헌신적으로' 자신의 아니마와 아니무스를 탐색하다 보면, 어느 순간 자신의 '첫사랑, 사랑에 빠졌던 대상들, 배우자가 결국 하나의 이미지로 연결되어 있다'는 고백을 한다. 누구는 '얼굴 하얀 남자'이고 누구는 '해군 제복 입은 남자'이고 누구는 '밥해주는 여자'다. 각기 다른 이름을 붙이지만 일생 자신에게 특별했던 모든 남자, 모든 여자가 결국 '내면의 파트너'의 영향으로 결정되었다는 자각을 한다.

로맨틱 러브는 투사이다. 투사는 고착되어 있을 경우 헤어나올 수 없는 늪이 된다. 하지만 앞서 강조했듯 투사의 본질은 완전에 대한 요청이자 사랑이다. 보이지 않던 면모나 존재의 첫 만남을 가능하게 해주는 것이 투사이고 투사는 눈을 안으로 돌려 자기 안에 있는 무의식의 원형을 의식화하라는 초대이다. 융이 내면의 파트너와의 관계를 '개성화의 걸작'이라 한 이유다. 일생 이 '내면의 파트너'에 헌신할 때 삶의 드라마에서 저마다의 걸작이 완성될 것이다.

무드, 남자들의 병

자신의 아니마와 관계를 맺는 데 실패해서 평생 투사만 하고 산다면 어떻게 될까? 겉으로는 이 여자 저 여자를 배회할 것이다. 이런 남자들에게 공통적으로 보이는 증상이 있는데 이를 '무드'라 한다. 무드에 빠졌을 때의 양상은 어떠하고 왜 무드의 지배를 받고 사는지 살펴보자.

무속 신앙에서 '신은 잘 먹으면 잘 먹은 값을 하고 못 먹으면 못 먹은 값을 한다'는 말이 있다. 무속에서 신이라 부르는 것을 심리학에서는 원형이라 한다. 뭐라 부르든 바른 자세로 다가가 제대로 섬기면 삶이 풍요로워지지만 푸대접하고 무시하면 '병'을 얻어 증상으로 만난다. '아니마'를 무시하거나 푸대접해서 돌아온 결과, 즉 '아니마의 복수' 상태를 무드라 보면 된다.

'무드에 빠진다'고 한다. '무드에 사로잡힌다'고도 한다. 무드는 진정한 느낌이나 감정이 아니기에 빠진다거나 사로잡힌다는 표현이 적절하다. 그리고 이때는 의식의 통제력이 작동하지 않는다. '아니마'의 주술에 빠진 상태이기 때문이다.

로버트 존슨은 무드를 남성들의 전유물이라 강조한다. 여성이 무드에 빠지는 경우는 증상이 전혀 다르기 때문에 이 용어를 남녀공용으로 사용할 수 없다는 것이다. 그렇다면 무드에 빠진 남성의 상태는 어떨까?

무드는 사람을 들뜨게 하거나 가라앉게 만든다. 극단적인 경우 자기팽창inflation이나 우울depression로 간다. 이 둘은 전혀 다르게 보이지만 팽창과 우울은 한데 연결되어 있다. 사무실에서 종일 긴장하고 눈치보며 스트레스 상태에 있는 한국의 전형적인 남자 모습을 떠올려보라.

퇴근길 술이 한잔 들어가면 목청이 높아지고 무용담을 늘어놓는다. 술은 왜소진 남자 심리에 비아그라 역할을 한다. 전혀 상식적이지 않은 언행이 이어지는데 이것이 바로 무드에 사로잡혀 있기 때문이다.

같이 있는 남자가 무드에 빠질 때 예민한 여성은 금방 알아챌 수 있다. 앞에 앉은 남자가 사람이 아니라 마치 환영처럼 둔갑한다. 얼토당토않은 소리를 해대며 전혀 딴 세계에 있는 사람처럼 구는 것이다. 이런 자리의 쓸쓸함을 여성들은 알 것이다. 이는 상대가 좋은 무드 상태든, 나쁜 무드 상태든 차이가 없다.

남자가 긍정적인 무드에 빠져 있을 때 우리 사회는 오히려 이를 부추긴다. 정력이 넘치고 화끈하고 역동적이고 지치지 않는 에너지의 소유자라 치켜세운다. 이 상태의 남자는 모두 제왕으로 군림하는데 대통령을 좌지우지하고 CEO가 되고 모든 사람이 자기 발밑에 조아리는 강력한 인물이 된다.

이럴 때 여성은 난감하다. 공수표를 남발하고 허무맹랑한 무용담을 늘어놓는 남자 옆에서 어찌 당혹스럽지 않을까? 같이 동조하자니 거짓말을 해야 되고 진실을 말하자니 남편이나 연인의 거짓과 과장을 폭로해야 된다. 누군가 자기 남편이 동창이나 친구 모임에서 가끔씩 연출하는 이런 장면 때문에 갈등을 겪다 내게 물었다. "이게 도대체 어떤 정신 상태인가요?" 나는 "독배를 마시고 주술에 걸린 상태예요"라고 답했다.

물론 이때 여성이 도움을 줄 수도 있다. 따뜻하고 수용적인 시선으로 바라보고 평정심을 유지한다면 놀랍게도 남자는 주술에서 풀려난다. 그렇다고 이런 남자를 구원하고 싶은 충동이 인다? 지나친 오지랖은 무지의 소치임을 상기하자. 인생에 타인의 숙제를 대신해주는 법은 없다. 근본적으로 그 자신이 풀어야 할 과제라는 말이다. 내면의 여성을 대하는 바른 자세는 일생의 헌신이다. 내면 세계는 노력한 만큼 돌아오는 정직한 세계다.

양립할 수 없는 무드와 사랑

수시로 막연한 두려움이 엄습하고 불면의 밤이 지속된다면 이는 눈을 내면으로 돌리라는 긴급 요청이다. 안과 밖을 잇는 두 세계의 균형이 많이 기울어졌기에 저울 반대쪽에서 '귀 닫고 눈 막았던 내면의 소리들'이 항변하는 것이다. '제발 주목해!' 이 호소를 무시할 것인가? 안으로 눈을 돌려 그 소리를 경청할 것인가?

막연한 불편함, 즉 초조와 불안은 그간 내면의 소리를 외면해온 결과이다. 이렇게 안이 요동칠 때, 바깥이 고요할 리 없다. 이런 마음 상태일 때 밖으로 드러나는 전형적인 증상은 예기치 않게 분노가 폭발하거나 과도하게 예민해서 매사 짜증을 부리는 것이다. 주변 사람을 긴장하게 만들거나 눈치를 보게 하니, 당사자는 점점 더 고립된다. 이 또한 무드에 사로잡힌 상태다. 제레미 테일러 선생님은 가부장제 남성들이 극복해야 할 최대 과제가 바로 충동적인 감정을 조절하는 일이라 말한다.

수시로 무드에 사로잡히는 남성은 자신을 섬세하고 정서가 풍부한 사람이라 착각할 수 있다. 그런데 정서와 무드는 양립하는 것이 아니다. 남성이 무드 상태로 세상과 관계를 맺을 때 이 남자는 주변 사람을 이용가치로 본다. 무드는 진정한 감정을 방해하기 때문이다. 융이 어느 여성에게 쓴 편지에 이런 내용이 잘 설명되어 있다.

이 여인은 남자로부터 자기를 보는 순간 사랑에 빠졌다는 고백을 받았다. 융이 이 여인에게 '그 남자는 투사를 너머 당신의 본 모습은 보지 못하니 당신은 스핑크스 같은 것이다'라고 했다.

그리스 신화에 등장하는 스핑크스는 수수께끼를 낸다. 남성의 아니마를 자극하는 여인들이 있다. 이는 관계를 시작하는 계기는 될 수 있으나, 이 상황은 상대와 관계를 맺는 단계가 아니다. 상대 여성을 통해 남자가 자신의 아니마를 투사하고 있으니 이 남자는 스핑크스 앞에 선 입장이다. 수수께끼를 풀도록 과제가 주어졌다.

대다수가 '사랑에 빠지는 데' 천착하면서 사랑을 한다고 생각한다. 사랑을 사랑하는 것이다. 사랑에 빠졌을 때의 강렬한 느낌을 즐기는 단계라면 이는 무드의 놀음이다. 누군가를 만나 내면의 불꽃을 살려내고 삶에 색채를 더하고 싶은 바람은 인간의 강렬한 본능 중 하나지만, 달콤함과 황홀함을 추구하면서 갈등과 혼란, 다툼 같은 복잡한 상황은 배제하고 싶다면 이는 투사 드라마이지 사랑이 아니다. 눈에 콩깍지 쓰인 투사에서 벗어날 때 느낌도 사라진다면 이 또한 사랑이 아니라는 증거이다.

나는 남성이 무드에 사로잡혀 사는지, 자신의 감정과 정서에 잘 소통하는 사람인지 '사랑하는 능력'으로 가늠한다. 사랑에 빠질 때 온 세상이 살아나는 것처럼, '내면의 여성'은 생명 혹은 생기의 원형이다. 아니마의 진정한 비밀은 이것이다. 살아 있다는 느낌을 주고 세상을 기꺼이 살 만한 가치가 있는 것으로 만들어준다. 이 행복감은 밖에서 만나는 여인이 주는 게 아니라 '내면의 파트너'가 주는 선물이다.

내 안의 여성이 보내는 SOS

일반적으로 성공을 거두게 되면 삶의 무의미와 허무에 시달리지 않을 것이라 생각한다. 오해다. 내면의 자리를 물질이나 명성이 대신 채우는 법은 없다. 오히려 작은 성취를 이룬 사람은 고통의 정도도 미미하지만 외적으로 성취한 부분이 많은 사람일수록 내면의 열패감이나 공허의 자리도 커진다. 내면의 저울은 이렇게 공평하다. 이 상황을 12세기 신화가 잘 묘사해준다.

서양에서는 중세를 현대의 태동기라 보는데 이 시기에 탄생한 '성배 신화'에 등장하는 대목이다. 파르시팔이 기사로서 성공의 정점을 찍을 때였다. 아더 왕은 전국을 수소문해서 파르시팔을 찾아내고 파르시팔을 위해 성대한 잔치를 베푼다. 인류 역사상 이전에 없었던 영웅, 파르시팔을 상석에 앉히고 향연을 펼친다. 잔치 내내 영웅의 업적과 영광과 칭송이 끊이지 않는다. 사흘째 되던 날, 세상에서 가장 흉측한 몽골의 추녀가 절름발이 나귀를 타고 잔치 마당에 들어선다. 추녀는 지금까지 파르시팔이 행한 모든 죄와 어리석음을 낱낱이 고한다. 희대의 영웅이 한순간 나락으로 떨어진다.

남자의 성취감이 극에 달하는 순간 어김없이 추녀가 등장한다. 이른바 엘리트 코스로 승승장구한 남성의 꿈 이야기다. 갑자기 이 남자에게 극심한 우울이 찾아왔다. 증상은 호전될 기미를 보이지 않았고 휴직을 거듭하다 결국 사표를 써야 했다. 이 남성이 출근 대신 소파에 길게 누워 텔레비전 리모콘만 움직이는 일상으로 전환하면서 처음 석 달간 하루 세끼를 짜장면만 먹었다고 한다.

짜장면이 뭘까? 나이가 지긋한 분들은 알 것이다. 세상에서 제일 맛있는 음식이다. 어린 시절 기념일에나 부모님이 사주던 특별식이다. 허기가 져서 미칠 것 같은 남성이 '영혼의 음식'이라 여기는 짜장면을 찾는다. 안타까운 모습이지만 우리 시대 가장의 전형적인 모습이기도 하다.

이 엘리트 남성이 모르는 지점이 있었다. 자신의 허기는 음식으로 채우는 게 아니다. 그는 영혼이 방전된 상태다. 영적인 자양분이 필요한 시점이다.

이 시대 남자들이 매진해온 성공이란 그 가치를 바깥 세계에만 둔다. 내면 세계를 부인하고 내면의 욕구를 희생한 대가로 이룬 것이다. 이들의 희생은 숭고하나 사회는 개인의 건강이나 행복에는 관심이 없다는 사실을 간과했다. 열심히 살아온 대가가 삶의 의지도 의미도 상실한 상태로 추락하는 것이라니! 균형을 상실한 편향된 사회가 위험한 이유가 바로 이 때문이다. 사회 구성원들을 극단으로 몰아붙여 이런 가장들을 수없이 양산해낸다.

중세의 짜장면 아저씨 파르시팔로 돌아가 보자. 파르시팔은 현명한 결정을 한다. 업적과 명성과 영광, 이 모든 걸 내려놓고 성배를 찾는 여정을 떠난다. 성배는 궁극적으로 자궁과 여성성의 이미지이다. 남성의 마지막 탐색 길은 여성성, 즉 가치와 의미의 장임을 이 신화가 시사해준다. 이는 고독한 여정이고 혼자 하는 만행萬行이다.

주술에 빠진 여자들의 삶

여성의 무드는 남성의 무드와는 양상이 다르다. 남녀 모두 내면의 파트너와 친밀한 관계 형성을 이루지 못하는 경우, 내면의 파트너가 일상을 지배한다. 내면의 남성, 즉 아니무스의 주술에 빠진 여자들의 삶을 보자.

텔레비전 드라마 여자 주인공 옆에는 언제나 가혹한 여자들이 있다. 며느리 혹은 예비 며느리에게 잔인하고 가혹한 시어머니, 자신의 의지대로 자식들 삶을 좌지우지하려 드는 어머니, 고개 숙인 남편에게 마구 폭언을 쏟아내는 아내. 이 여인들은 이기심과 자기애에 갇혀 산다.

이런 여성들의 내면에는 사악한 남자 파트너들이 있다. 이들 꿈에

등장하는 남자 이미지는 이러하다. 길에서 근사하고 매력적인 남자를 만났는데 이 남자 소매를 보니 날카로운 가시 철조망이 마구 자라난다. 또는 길가에서 노인이 가까이 다가와 팔을 낚아채는데 그 순간 노인의 얼굴이 사악하게 변하고 내 팔은 화상을 입어 살이 녹아내린다. 어떤 경우는 혼자 집에 있는데 밖에 강도가 어슬렁거린다. 겁에 질려 112에 신고를 하는데 전화기 숫자판에 1과 3은 있는데 2가 없다. 어쩔 줄 몰라하는 그때 남자가 집 안으로 침입해 나를 잡으려 손을 뻗는다. 나는 놀라서 잠을 깬다.

테러리스트, 강간범, 청부살인업자, 사이코패스, 감옥 간수, 파괴적인 군인, 독재자 등이다. 이런 꿈을 일생 한두 번 꾸는 정도가 아니라 끈질기고 지속적으로 꾼다. 그래서 이런 꿈 속 남자들에 나름의 이름을 붙이기도 한다. 뱀 남자, 여우신랑, 푸른 수염 등으로 말이다.

꿈 속에 수시로 나타나는 이들을 묘사할 때, 흔히 사악한 눈빛을 들곤 한다. 비열하고 야릇한 웃음, 입 안에서 긴 혀를 날름거리거나, 모자를 푹 눌러쓰고는 길모퉁이에 숨어 강간을 목적으로 기다리고 있는 등 기괴하고 위협적이다.

꿈 이론을 상기해보자. 이 남자도 그림자로서의 나다. 그리고 악몽의 형태를 띨 때는 무의식의 긴급 메시지라는 점도 떠올리자. 지속적인 악몽이라면 더욱 시급히 주의를 기울여야 한다.

나는 상담자에게 꿈에서 이런 인물이 등장하면 절대 놓치지 않도록 확실하게 붙잡으라고 한다. 내 마음 안에 억압된 어떤 에너지가 꿈을 통해 그 정체를 드러내니, 이 인물이 다시 무의식 안으로 숨어들어가게

내버려둬서는 안 된다. 나를 괴롭히는 내면의 범죄자이니 어떤 식으로든 생포해야 된다.

이들을 잡는 방법은 다양하다. 꿈에서 깨어나서, 이 남자 모습을 그림으로 그리거나 조각을 하거나 찰흙으로 빚어 의식 세계에 붙들어 두는 것이 최선이다. 대체로 이런 인물은 꿈에서 보는 것조차 겁이 나게 마련이다. 의식에 잡아두는 작업을 하라면 대개 거부감을 보이지만, 악몽에 시달리지 않으려면 이 방법이 최선이다.

그 대상을 그리거나 만드는 순간 이 인물은 이미 내 손아귀에 있다. 실제로 해보면 놀라운 일이 벌어진다. 10년 이상 꿈에 등장해 괴롭히던 인물도 더 이상 위협적이지 않은 인물로 변하고, 최소한 그 모습이 순화되거나 영구적으로 사라지기도 한다.

이런 남자한테 시달리는 여성들의 특징을 보면, '이럴까, 저럴까?' 고민을 하느라 결정을 못한다. 제레미 선생님은 가부장제 사회에서 남성에게 주어진 최대 과제가 충동적인 감정 조절이라 했다. 이에 상응해 여성에게 주어진 최대 과제는 '단호한 결정을 내리는 힘'이라 한다. 건강한 아니무스가 작동하면 빠르게 판단하고 자신에게 필요한 결단을 내린다. 그런데 아니무스가 미발달한 상태에서는 여성 안에 있는 남성적인 특질인 아니무스가 적절하게 기능하지 않으면서 이럴까 저럴까 결정하지 못하는 고민으로 자신을 괴롭힌다.

내면의 파트너와 우리의 헌신

외딴집에 아버지와 오빠 둘하고 함께 사는 처녀가 있다. 어느 날 숲에 사는 남자가 찾아와 '나는 재산도 많고 큰 집도 있습니다. 따님을 아내로 삼고 싶습니다'라며 청혼한다. 몇 날 몇 시에 와서 신부를 데려가겠다고 하고 남자는 숲으로 돌아간다. 영리한 처녀는 남자 뒤를 밟아 집을 눈여겨 봐둔다. 처녀는 남자가 집을 떠나기를 기다렸다가 집 안으로 들어가 살펴본다. 2층으로 올라가려는데 밖에서 남자가 돌아오는 소리가 들린다. 처녀가 계단 밑에 몸을 숨기자, 남자가 한 손에 저항하는 여자 머리채를 잡고 2층으로 끌고 간다. 끌려온 여자가 계단 난간을 잡고 매달리자 남자는 단숨에 여자 팔을 잘라버린다. 2층 방문을 여는데 안에 해골이 가득하다. 계단 밑에 숨은 처녀는 틈을 타 여자의 잘린 팔을 들고 집으로 돌아온다.

결혼식 날이 다가와 숲에 사는 남자가 처녀를 데리러 온다. 처녀는 사악한 여우 신랑과 혼인하지 않겠다고 단호하게 말한다. 남자가 시치미를 떼자 처녀가 살린 여자 팔을 던져준다. 이때 아버지하고 오빠들이 달려들어 여우 신랑을 죽인다.

이 '여우 신랑' 이야기에서 여우 신랑은 '내면의 파트너'이다. 여기서 여우 신랑을 제압하는 길은 아버지나 오빠 같은 '건강한 아니무스'가 등장해야 한다는 사실을 말해준다. 실제 내면에 건강한 남성이 등장하고 이들 힘이 강해지면 여우 신랑 같은 사악한 남자는 점차 힘을 잃는다.

궁극적으로는 이 이야기처럼 죽음을 맞는다. 꿈에서 죽음은 가장 확실한 변형의 상징이다. 여우 신랑의 모습으로 표현되던 내면의 에너지가 더 이상 그 모습에 갇혀 있을 필요가 없으니 파기된다.

여우 신랑이 나쁜 것이 아니라 이토록 오래 내면 세계를 방치한 자신이 문제였음을 기억할 일이다. 여우 신랑이든 괴물이든 이들은 언제나 다른 형태로 변형할 준비가 되어 있는지 모른다. 이들의 본 모습은 기사이고 왕자일 수도 있다. 내면의 소리에 귀 기울이고 영혼의 호소를 따를 때 '아니무스'는 여성을 위한 길라잡이 역할을 한다. 기나긴 삶의 여정에 언제나 한두 걸음 앞에서 등불을 환히 밝혀 더 심오한 자신을 만나도록 이끌어주는 소중한 안내자이다. 가장 긴밀해야 할 '내면의 파트너'이다.

눈을 안으로 돌려 내면의 무의식이 가시적이고 물질적인 세상만큼 거대한 세상이라는 사실을 알게 되면 놀라운 세상 하나가 더 열린다. 이를 내면으로의 여정이라 하는데, 이 여정을 시작할 때 맨 먼저 등장하는 인물이 바로 '내면의 파트너'이다.

여성의 내면의 파트너가 여우 신랑 같은 위협적인 인물이냐, 기사나 현자처럼 인생길 조력자냐는 자기가 살아온 삶의 방식에 따라 판가름난다. 마찬가지로 남성의 내면의 파트너가 구렁이 처녀나 카르멘처럼 유혹적이고 파괴적일지, 아리아드네같이 친절한 지혜의 소유자일지는 모를 일이다. 본인이 그동안 해온 내면 세계에 대한 태도나 노력의 결과물이다. 내면의 거울은 언제나 정직하고 정확하다.

우리는 일생 동안 수많은 언약을 한다. 하지만 가장 가치 있고 반드시 해야 하는 게 바로 내면의 파트너와 맺는 언약이다. 이는 선택 사항이

아니다. 헌신은 우리의 몫이다. 내면의 파트너는 그러한 수고에 정직하게
화답할 것이다.

4

내 안에 있는
또 다른 나

그림자의 탐색은 통과의례

'착하게 살기보다 온전하게 살아라!' 이보다 해방감을 주는 표현이 있을까? 그런데 이 말의 무게는 결코 호락호락하지 않다. 융의 이 표현을 처음 듣는 순간, 나는 머리를 망치로 맞는 듯한 느낌이었다. 착하게 살고 바르게 살고 나누며 살고, 이게 다인 줄 알고 그렇게 살려 애써왔다. 온전함이 이상이라면, 착하지 않고 바르지 않고 욕망으로 가득한 나를 위한 자리도 마련될 터이다. 그렇다면 이런 내 모습을 드러내고 살아도 된다는 뜻인가? 이기적이고 게으르고 파괴적이고 무책임한 나를 행동으로 옮긴다면 세상은 무법천지로 변하지 않을까?

권선징악을 강조하는 우리 문화나 밝음과 선함을 강조하는 기독교 문화에 익숙한 사람들에게 이런 주장은 도발적이다. 내 안에 어둠을 몰아내고 밝음과 선함으로 가득한 자신을 염원하는 사람들에게 심층 심리학은 그림자 이론으로 답한다.

빛이 밝으면 어둠이 짙어지듯, 의식이 커지면 그림자도 그에 상응해서 커진다는 것이 심층심리학이 설명하는 그림자 이론의 토대이다. 자신을 만나는 것은 곧 그림자를 만나는 것이다. 오래 외면하고 덮어두고 부인해온 자리로 눈을 돌려 직시하는 일은 누구에게나 힘겨운 도전이다. 하지만 우리 삶에 주어진 그 어느 것도 무가치한 것은 없다. 전부 다 진정한 자신을 발견하기 위한 자원이라고 생각하면 내 안에 어두움조차 소중해진다.

그림자 탐색은 통과의례이다. 삶의 전반부가 사랑과 일로 분투하며 자녀를 양육하고 사회적인 의무와 기여를 위해 매진하는 시기라면, 후반부는 덮어두고 부인했던 그림자를 만나 삶을 재조명하고 재구조화하는 시기이다. 다르게 말하면, 삶의 전반기는 그림자를 만들며 쌓아가는 시기이고 후반부는 있는 줄도 몰랐던 그림자를 만나 백년가약을 맺는 시기다.

흔히 그림자를 만난다고도 하고 수용한다고도 한다. 하지만 그 정도로는 충분치 않다. 만남을 넘어 언약과 헌신을 요하는 천생배필의 연을 맺어야 한다. 그런 차원의 결속만이 그림자 속 황금을 자기 것으로 만들 수 있기 때문이다. 이 진귀한 보화는 자신뿐 아니라 세상을 창조적으로 변모시킨다.

중년의 위기는 그림자의 초대

중년의 위기는 그림자 세계를 직시하는 통과의례로의 초대다. 중년이 되면 기존에 살아오던 방식이 더는 통하지 않는다. 에너지는 고갈되고 불안, 초조와 허무가 밀어닥친다. 우울에 빠지고 자신뿐 아니라 술이든 일이든 도박이든 사랑이든 중독으로 빠져들기도 한다. 이는 의식적으로 그림자를 찾고 만나지 않는 이에게 그림자가 찾아왔다는 신호이다.

위기는 언제나 기회와 맞닿아 있다. 지금까지와 전혀 다른 방식으로, 또 전혀 모르고 있던 영역으로 눈을 돌리라는 초대장이 무의식으로부터 날아든 순간이다. 이 초대에 응한다는 말은 혁명을 위한 맹세와 같다. 삶의 방향을 180도 전환하라는 요구는, 마치 폴 고갱이 파리의 은행원 자리를 박차고 남태평양 섬을 찾아 떠났듯이 막다른 선택 상황으로 몰고간다. 무모하고 극단적이었지만 고갱도 이런 선택 앞에 서 있었던 것이다. 이런 무의식의 초대 앞에서 도무지 어찌해야 할지? 그 방법이 모호하기만 하다.

우리는 그림자와 어떻게 만날 수 있을까? 먼저 그림자의 생리를 알아야 한다. 어떻게 만들어지는가? 언제 어떻게 만날 수 있는가? 자취가 드러날 때 잡아두는 방법은 있는가? 개인의 그림자뿐 아니라 집단의 그림자도 있는가? 그림자와 백년가약을 맺는다는 게 도대체 무슨 뜻인가?

자신을 만나는 일은 용기를 필요로 하는 일이다. 자신의 그림자를 대면해야 하기 때문이다. 자신의 최선과 최악을 만날 것이다. 두렵지만 신비한 이 여정은 진정한 나를 찾는 데 필연적인 길이다. 용기와 지혜를 겸비한 사람만을 위한 영광된 길이기도 하다. 그림자라는 중년의 초대는 이런 준엄한 의미를 지니고 있다.

그림자와 페르소나

그림자를 이야기하자면 융의 용어인 '페르소나persona'부터 시작해야 한다. 둘은 떼려야 뗄 수 없는 관계이기 때문이다. 고대 그리스에서 연극 배우들이 입 부분에 구멍 뚫린 가면을 썼는데 페르소나는 이 가면을 지칭하는 말이다.

누구든 세상살이를 민낯으로 할 수는 없다. 때와 장소에 적합한 페르소나를 요구받기 때문이다. 페르소나는 자신에 대한 보호를 위해 서도, 또 적절한 자신을 연출하기 위해서도 필수적이다. 페르소나를 염두에 둔다면, 사람은 누구나 세상에 드러내는 자신의 모습이 있고 세상 사람들에게 가리는 자신의 모습이 있다.

페르소나는 호불호의 시각으로 다룰 문제가 아니다. 몸에서 피부가 맡은 역할처럼, 세상과 자신을 구획짓는 경계막이자 보호막이 페르소나다. 페르소나는 피부처럼 필수불가결하다. 하지만 드러내는 자신과 숨긴 자신 사이에 간극이 커질 때가 문제다.

할리우드를 '페르소나 왕국'이라 부른다. 대중의 관심과 인기를 먹고 사는 연예계는 대중의 기호에 맞는 가면을 쓰도록 요구받는다. 연예계 최고의 잉꼬부부나 커플이라며 대중의 부러움을 사던 이들이 하루아침에 폭행, 고발, 이혼으로 매체를 장식한다. 이 세계의 생리를 안다면 충격이나 배신감보다는 자연스럽게 받아들여야 할지 모르겠다. 페르소나 왕국이란 페르소나와 동일시하며 사는 집단에 대한 곱지 않은 표현이다. 할리우드나 연예계를 페르소나 왕국이라 부른다면 한국을 '페르소나 국가'라 불러도 무방하지 않을까?

가르침을 받았던 외국인 선생님 한 분은 한국에서 가장 눈에 띄는 이미지로 크고 많은 간판을 꼽는다. 커다란 갖가지 간판이 건물 표면을 덮어 실제 건물은 어떤 자재로 지어졌는지, 그 색깔이나 모양새가 어떠한지 알 수 없고 알릴 생각도 없는 게 한국 도심의 정경이다. 우리에게 익숙한 이 풍경이 어쩌면 우리들 속내를 반영하는 거울 이미지가 아닐까? 한국처럼 간판, 스펙, 자리, 겉치레에 시간과 노력을 기울이는 나라가 지상에 또 있을지 의문이다.

예의가 바르다고도 하고 예를 중시하는 사회인 것도 맞다. 하지만 우리는 사람과 자리를 동일시하는 경향이 강하다. 그러니 정년을 맞거나 직책을 떠나는 순간 그간 맺은 인간 관계도 끝난다. 사람이 아니라 자리에 읍소하다 보니 부당함도 당연시 여기고 꼭 해야 하는 절실한 말도 삼킨다. 그러다 윗자리에 오르면 전임자와 같은 부당한 횡포를 부린다.

최근 대한민국의 민낯이라는 이야기가 자주 회자된다. 문책에 대한 두려움 때문에, 또 윗선 눈치를 보느라 자신의 마땅한 책무나 생사가 달린 시급한 사안도 뒷전으로 밀려나니 어처구니없는 사건이 줄을 잇는다. 일이 커진 뒤에는 은폐나 위장을 위해 에너지를 소모하느라 본질은 캐지 못한다. 세월호, 요양원 화재, 총기난사 사건, 군대 폭력과 왕따. 꼬리에 꼬리를 물고 민낯이 적나라하게 노출된다. 너와 나의 문제가 아니라 우리 사회 구성원 모두 비겁과 거짓과 위선과 무책임으로 무장하고 있었다는 사실을 더는 부인할 수 없다. 간판으로 가리고 표면을 치장하느라 기초는 부실했고 골조는 붕괴 직전에 이르렀다. 바로 이것이 한국호의 민낯이다.

그림자가 노출될 때의 반응

민낯은 가면에 구멍이 뚫릴 때 드러난다. '어젯밤에 내가 그랬다고? 그건 내가 아니었어.' '필름이 끊겼어. 맨정신으로 그럴라고?' 이럴 때 변명과 부인과 회피는 자동적인 반응이다. 이는 아이들도 하는 일이다. 하지만 민낯을 인정하고 성찰하고 책임지지 않으면 성숙한 사람이라 할 수 없다.

더 나아가 간판이나 스펙 같은 가면에 혼신을 기울이다 보니 에너지는 표피에만 쏠려 있는 형국이다. 이때 그 아래에서는 무럭무럭 그림자들이 자란다. 피부 속이 보이지 않듯, 숨어 있는 게 그림자의 특질이다. 그러니 자각이 어렵다.

물론 그 모습이 드러나는 경우도 있다. 통제 불가의 순간, 충동적이고 돌발적으로 나온다. 당혹감과 수치심, 후회가 밀려들 때 그림자를 반성적으로 들여다보기는 물론 어렵다. 하지만 우리를 당황하게 만들고 가리고 싶은 그림자에 구원의 열쇠가 있다. 아직은 의아할 것이다. 하지만 한걸음씩 서서히 들어가보자.

그림자를 어떻게 만나고 어떻게 다루어야 할까? 북미 인디언의 구전 설화에서 힌트를 얻을 수 있다. 인디언 부족이라면 태어나 자라면서 늘 듣는 이야기다.

　너는 15살이 될 때 혼자 숲으로 들어가야 해. 거기서 숲에 사는 괴물을 만나게 될 거야. 그런데 만일 네가 무서움에 질려 괴물에게서 도망친다면 괴물이 너를 따라와 너뿐만 아니라 마을 전체를 쑥대밭으로 만들어버릴 거야. 그러니 괴물을 만나면 도망치는 대신 모닥불을 피워. 모닥불 건너편에 앉아 괴물을 지켜보면서 그 밤을 지내야 해.

　전형적인 통과의례 이야기다. 성인이 되려면 홀로 내면이라는 고독한 숲으로 들어가야 한다. 거기서 만나는 존재가 괴물인데, 이 괴물이 심리학 용어로 '그림자'다. 그림자에게서 도망치면 엄청난 파괴가 뒤따른다. 또 순진한 나머지 그림자에 너무 가까이 다가가면 괴물에게 잡아먹힌다. 괴물을 만나면 적정 거리를 유지하면서 불을 지펴 잘 관찰해야 한다. 두렵고 위협적이지만 눈을 돌려서는 안 된다. 오히려 괴물만이 줄 수 있는 선물을 놓치지 않기 위해서다.

　현대인들은 더 이상 밤의 숲을 찾지 않는다. 괴물은 말살되어야 하고 괴물 같은 파괴력을 드러내는 사람들은 철저히 격리되어야 한다. 하지만 괴물은 여전히 우리 내면 속 밤의 숲에서 살고 있고 그러다 문득 모습을 드러낸다.

그림자를 존중하는 태도

물론 그림자는 수시로 출몰하지 않는다. 인디언 구전 설화에서 무의식 세계의 은유인 숲으로 들어가 괴물을 만나는 건 신화 속 영웅의 여정에 늘 등장하곤 한다. 그러나 현대인이 신화 속 주인공처럼 행동할 수는 없다. 의식적으로 숲으로 들어가지 않으면 그림자, 즉 괴물이 우리를 찾아온다고 했다. 즉, '증상'으로 그림자를 만난다.

삶이 제대로 기능하지 않는 순간, 실연, 사업 실패, 치명적인 사고나 질병 등, 우리는 예기치 않은 상황에서 그림자를 맞닥뜨린다. 만취 상태나 과도한 흥분 상태에서 충동적으로 그림자를 만나기도 한다. 신랄하거나 냉소적인 표현, 음울한 무드 속에도 그림자가 숨어 있다. 카페인, 니코틴, 알코올, 일, 음식, 로맨스, 종교, 게임, 사랑, 독서, 봉사 같은 수많은 중독 속에도 그림자가 위장하고 있다. 어떤 방식이든 가리고 숨는 그림자가 표면으로 그 모습을 드러내면, 다시 무의식으로 들어가지 않도록 조심할 필요가 있다.

그림자가 정체를 드러낼 때, 인디언들처럼 초대해서 마주보고 앉는 것이 최선이다. 거리를 두고 불을 밝혀 관찰해서 의식적으로 관계 맺는 법을 배워야 한다. 그렇다 해도 그림자가 괴물이라는 사실은 간과하지 말자. 너무 오래, 자세히 보는 것은 위험하다. 떼어내고 무시하고 부인하려 드는 태도가 위험하듯, 가까이 가서 압도당하는 것 또한 위험하다. 이런 양극단적인 태도를 취하기보다 그림자를 제대로 존중하는 법을 배우는 것이 핵심이다.

그림자 작업은 엄청난 인내를 요한다. 때로 그림자를 놓치고 망각하다 또 다시 상기하고, 그렇게 오래 지속되는 지난한 작업이다. 인내뿐 아니라 예리한 본능도 필요하고 무엇보다 부처님 같고 예수님 같은 자비심을 필요로 한다. 그림자를 대하는 감동적인 일화를 소개한다.

전문 통역사로 특히 불교 관련 통역에 탁월함을 인정받는 친구가 있다. 그 친구가 티베트에서 온 림포체Rinpoche의 강의를 통역하던 중이었다. 질의응답 시간이었는데, 갑자기 관중석에서 느닷없는 고함이 날아들었다. "통역 똑바로 해!" 강연장 공기가 팽팽해졌고 림포체는 '도대체 무슨 일이지?' 의아해하는 상황이었다. 존경하는 림포체 앞에서 친구는 멘탈이 붕괴될 지경에 이르렀다. 단 몇 초 사이였는데 머릿속에 수많은 생각들이 스쳐 지나갔다고 했다.

'다시는 이 따위 통역자를 내 앞에 나타나지 못하게 해.' 마치 독심술이라도 하듯 림포체의 꾸중이 들리는 듯했다. 자책과 자기혐오의 익숙한 말이 관중 속에서 날아온 펀치보다 더 세게 자신을 난타했다. 바로 이 순간 기적이 일어났다. '관음의 자비'라고 나중에 친구가 부른 기적이다.

자신을 공격하고 경멸하는 소리를 향해, '네가 좋아지고 편안해질 때까지 끝까지 참고 기다릴게. 너 때문에 깨달음을 얻지 못할지라도 너랑 같이 있고 기다릴게.' 이 말이 자기 안에서 흘러나왔다. 이어서 '만일 림포체가 나를 내친다면 이분은 나의 스승이 될 수 없어.' 자신감을 회복한 친구는 스승에게 있는 그대로 진실을 드러내야 한다는 사실을 기억하고, 림포체에게 청중 가운데 누군가 '제게 통역을 똑바로 하라고 이야기합니다'라고 알려주었다.

마음 깊은 곳에서 평생을 힐난하고 수치심을 자극하면서 괴롭히던 내면의 아이에게 무량한 자비심이 일어난 것이다! 그림자는 사랑을 요구한다. 강연을 마치고 림포체는 부드러운 미소로 자신 또한 어린 시절 너무 많은 기대를 받았기에 공황 장애를 앓았던 사실을 고백했다고 한다.

작업의 두 가지 함정

자신의 그림자를 다루는 사람들이 곧잘 빠지는 두 가지 함정이 있다. 하나는 그림자를 어디서 찾아야 할지 모른다는 점이다. 이 상황을 잘 묘사하는 수피(이슬람 신비주의) 이야기가 있다.

가로등 불빛 아래서 열쇠를 찾는 사람이 있다. 아무리 찾아도 열쇠는 나오지 않았다. 누군가 '왜 거기서 열쇠를 찾는가?'라고 묻자 이 사람은 '불빛이 있기 때문'이라고 한다. 하지만 열쇠는 빛이 비치는 곳이 아니라 어둠이 드리운 바닥에 떨어져 있었다.

이 이야기처럼 우리는 종종 엉뚱한 곳에서 그림자를 찾는다. 밝고 눈에 보이고 알고 있는 자리에서 그림자를 찾으려 시도한다면 가로등 밑에서 열쇠를 찾는 우를 범하게 된다. 이런 사람들은 도덕적으로도, 일에 있어서도 완벽을 추구하고 자신을 늘 극단으로 밀어붙인다. 그렇지만 그림자는 본래 빛의 반대쪽에 만들어진다.

또 다른 흔한 실수는 그림자를 머리로 다루려는 태도다. 내면 작업을 하는데 성찰 능력은 주요한 부분이다. 제레미 선생님은 '명상은 전두엽을 제거하고 하는 작업이 아니다'라고 말한다. 그렇긴 하지만 고도로 지적인 사람들이 겪는 어려움도 있다. 빨리 파악하고 정리한 의식으로 감정도, 감각도 통제하려 든다. 이런 습관에 젖은 사람이 그림자 작업에 임하면 '무슨 뜻인지 알아.' '내 그림자를 찾아내고 거기 이름을 붙일 수 있어.' '이제 파악했어.' 이런 태도면 그림자에 대한 아이디어나 통찰은 얻을 수 있을 것이다. 하지만 삶의 기저로부터, 영혼의 차원에서 일어나는 자각으로 나아가지 않는다면 그림자 속 황금은 자신의 것이 되지 않는다.

앞서 예로 든 통역사의 경우를 보자. 자신의 자랑스러운 면이나 긍정적인 부분은 사랑할 수 있다. 하지만 가리고, 부인하고, 없애고 싶은 점을 사랑하기는 매우 어렵다. 우리가 궁극적으로 얻고자 하는 사랑은 이런 커다란 자비심이 아닐까? 자신에 대한 심오한 수용을 바탕으로 한, 더 큰 전체에 대한 사랑 말이다.

일상에서 그림자 만나기

내 안에 침잠해있는 그림자를 맨눈으로는 보기 어렵다. 하지만 이해와 통찰을 통해 그것을 볼 수 있다. 그림자가 내 안에 있다는 사실을 인정하고 주의를 기울이면 우리 모두 하루에도 수십 번 그림자가 작동하는 순간을 경험하기 때문이다. 바로 이때, 즉 숨겨져 있던 그림자가 의식의 표면으로 뛰어오르는 순간 낚시질하듯 포착해야 한다. 그렇지 않으면 다시 무의식으로 들어가 삶에 대해 사보타주를 한다.

수용하기 어려운 자신의 모습이 그림자 속에 들어 있다. 숨어 있는 내용을 찾자면 투사를 해야 한다. 예를 들어 어느 모임에 참석한다고 치자. 문을 들어서는 순간, 눈에 걸리는 장면들이 있을 것이다. '쟤는 자세가 엉망이네.' '옷 색깔 참 촌스럽다.' '건방 떠네' '아부하는 모습 이라니.' '또 누구를 유혹하려 드네. 내 눈에는 보이지.' 성능 좋은 스캐너처럼 한눈에 거슬리는 모습들이 들어온다. 이 모두가 본인의 그림자다. 다시 불편한 진실을 상기하자. 내 안에 없으면 거슬릴 이유도 없다.

진짜 용기와 지혜가 필요한 지점이다. 그림자 낚시를 했으니 한발 더 나아가보자. 거슬렸던 동료나 친구들을 묘사하던 문장에서 주어를 바꾸어 전부 일인칭인 나를 붙여보자. '나는 건방져.' '나는 사람을 유혹 해.' '나는 아부를 잘해.' 하찮게 보일지 모르나 자신을 알아가는 데 매우 유용한 방식이다.

또 은밀한 수치심 속에도 그림자가 숨어 있다. 몸에 대한 열등감이나 성적인 금기들은 그림자와 직결된다.

어떤 감정이나 내용이 가장 당혹스러운가? 어떤 모습을 내게서 없애버리고 싶은가? 어떤 면이 수용하기 어렵고 추하고 부끄럽게 여겨지는가? 이 모두 그림자와 관련된 질문들이다.

요즈음 인터넷 댓글이 종종 이슈로 등장한다. 꼬이고 거칠고 파괴적인 악플에는 분노와 혐오의 언어들이 즐비하다. 익명의 SNS 공간은 날것의 그림자를 배설하는 장이 되어간다. 그림자가 지닌 에너지가 폭발하기 전에 발산의 기회가 되니 정신 건강에 순기능도 있을 것이다. 여기서도 자신에게 정직할 수 있는 진짜 용기를 발휘해보자. 간단하다. 자신이 단 악플의 주어를 '나'라는 일인칭으로 바꾸면 된다.

또 그림자는 투사 안에도 위장되어 있다. 자기에게 과한 반응이 일어나는 순간은 투사 드라마가 작동한다고 봐도 무방하다. '토할 것 같아.' '도저히 믿을 수가 없어.' '이 자리에 있는 걸 참아낼 수가 없어.' 이런 반응은 지금 상대나 상황을 통해 내 그림자를 만났을 때 일어난다고 보면 된다. '지금 가장 싫은 사람이 누구?' 혹은 '요즈음 자주 비난하는 대상이 누구?' '가족이나 친구 중 참아낼 수 없는 모습은?' '이 사회에서 내가 가장 혐오하는 집단은?' 등의 질문에도 마찬가지다.

밝은 그림자, 화이트 섀도

수치스럽고 드러날까 꺼려지는, 어두운 그림자만 있다고 생각하면 오산이다. 그림자를 톤으로 나눈다면 어두운 그림자가 있고 밝은 그림자가 있다. 밝은 그림자를 화이트 섀도white shadow라고 하는데 영웅 숭배가 대표적인 예이다. 자라면서 누구나 꼭 닮고 싶은 인물이 있다. 성인도 롤 모델이 있는데, '누구처럼 살고 싶어'라고 할 때 이 말은 그

대상에게 자신의 밝은 그림자를 투사하고 있다는 뜻이다.

밝은 그림자에는 어떤 문제가 있다는 걸까? '큰 바위 얼굴'처럼 그런 인물을 닮고 싶어서 노력하다 보면 어느새 그 사람과 비슷한 모습으로 성장하지 않을까? 앞서 투사를 다룰 때 언급했다. 성장기 아이들의 영웅은 다음 단계 성장을 위해 세워진 이정표다. 그러나 성인이 되어서는 모든 일에 부단한 노력이 필요함을 안다. 여기서 중요한 점 하나, 이상화된 어떤 사람처럼 되는 것보다 가장 자기다운 사람이 되는 것이 성숙의 목표다. 따라서 밝은 그림자 투사도 오래 지속되면 폐해가 크다는 점을 명심하라!

사람들은 자신의 어두운 그림자를 만날 때, 밝은 그림자를 만날 때보다 훨씬 안도감을 느낀다고 한다. 어두운 그림자는 더 이상 무의식적으로 지배당하지 않고 그 내용을 의식으로 통합하겠다는 의지가 분명하다. 그런데 밝은 그림자는 왜 문제가 되는지 동기조차 선명하지 않을 때가 많다. 처음으로 밝은 그림자도 극복의 대상이며 반드시 작업이 필요하다는 사실을 알게 된 일화가 있다.

1995년 유학을 가서 대학원에서 공부할 때였다. 매튜 폭스 신부가 만든 프로그램이었는데, 재기발랄한 최고의 전문가들이 매튜 신부와 함께 일하고 싶어 모여 들었으니 교수진이 쟁쟁했다.

학생들의 배경도 다양했는데 공통점이 있었다. 매튜 신부님의 천재성, 예언가적 통찰이나 혁명적 아이디어, 예술과 신과학에 대한 존중, 세계의 다양한 영성을 수용하는 열린 마음에 매료되어 입학을 했다는 점이다. 학생들 각자 자신의 밝은 그림자를 투사하는 대상이 매튜 신부님이었다. 어쩌면 당연한 것인지도 모른다. 그러다 첫 학기를 마칠 즈음 꿈 수업 시간이었다.

한 학생이 매튜 신부님을 살해하는 꿈 장면을 이야기했다. 제레미 선생님이 아이처럼 환호성을 지르며 기뻐했다. 이런 꿈은 대개 졸업 즈음에야 등장하는데, 첫 학기에 이 과업을 수행한 학생이 나타난 것이다. 자신의 천재성과 창조적 호기심, 열린 마음을 매튜 신부에게 투사했기에 자신의 투사를 거두는 내적 성숙을 이루어야 하는 것이 학생들 모두의 과제였다. 아이러니하지만 이런 일이 이렇게 단시간에 일어난다는 것은 이 학교가 좋은 학교였기 때문이다. 당시 들뜬 교실의 모습이 내게는 낯설었다.

내 안에서 스승에 대한 죄책감이 와서였을까? 아니면 지금까지는 아무도 내가 이런 성취를 했을 때 축하하고 존중해주지 않아서 그 풍경이 낯설었던 것일까? 무언가 어색했던 그 자리가 지금은 얼마나 귀한지 안다. 이런 학생들이 얼마나 자랑스러운지, 선생으로 살아가는 요즘 들어서야 절감한다.

만일 매튜 신부의 천재성에 매료되어 10년, 20년 동안 신부님 도제나 추종자로 살아간다고 상상해보자. 이 사람은 자신의 천재성에 대해서는 책임을 지지 않겠다는 말이다. 감당해야 할 책임은 신부님이 지고 자기는 그 뒤에서 신부님을 도우니 자신도 충분히 창조적으로 살아간다며 착각할 수 있다. 물론 큰 스승을 보조하는 일이 가치 없다는 말은 아니다. 스승에게 투사한 내용을 철회하지 않고 옆에 있는 데만 에너지를 쏟는다면 10년, 20년이 지나도 이 사람은 언제나 학생으로 머문다. 이는 자신이 지닌 천재성을 사보타주하는 길이다.

스승의 선물

제레미 테일러 선생님이 내 학생들 앞에서 밝은 그림자 투사의 그림자를 역설한 적이 있다. 지금은 건강이 나빠진 부인을 돌보느라 멀리 떠나지 못하지만 선생님은 10년간 매해 여름이면 한국에서 꿈 워크숍을 했다. 3년 전 마지막 방문 때였다. 내가 시작한 '신화와 꿈 아카데미' 학생들과 꿈 작업을 하며 남긴 이야기다.

"지금 이 교실에 앉아 있는 사람들은 고박사의 지성이나 친절함에 매료되어 이 수업에 참여했을 것입니다. 고박사에 대한 투사가 없었다면 이 학교에 올 생각조차 하지 않았을 겁니다. 하지만 이 프로그램을 진행하는 동안 여러분의 과제는 고박사에게 하던 투사를 거두어들이는 것입니다."

그러면서 밝은 그림자 투사에 따르는 필연적인 어둠을 적나라하게 설명했다. 진자운동을 하는 시계추처럼 한쪽을 이상화하면 그만큼의 높이로 반대쪽 어둠이 부각되는 날이 반드시 온다는 것이다. 근사하고 멋지다고 말하는 건 형편없고 별것 아니라는 말을 예비한다는 걸, 이제는 안다. 그래서 어느 쪽도 불편하다. 내가 지닌 것 이상으로 올려져도 어지럽고, 깎여 내려져도 아프다. 그냥 그 자리에 묵묵히 버텨내며 감당할 뿐이다.

실제로 선생이나 지도자 입장에서 밝은 투사를 이용하고 싶은 유혹에 놓이는 경우가 비일비재하다. 무척 위험한 일이다. '이 사람은 나의 치유자고, 내 영혼의 뮤즈야!' 이런 투사를 받고 있는 동안에는 무슨 말을 해도 다 먹힌다. 하지만 투사를 깨뜨리는 순간 청중은 술렁인다. 마구 날아드는 쓰레기도 감당해야 한다. 그럼에도 진짜 스승이면 반드시 해야만 하는 일이다.

때로, 우리 모두 이상적인 부모에게서 태어나지 않아 다행이라는 생각이 든다. 아무리 존경하는 스승들도 그림자가 있으니 오히려 다행스럽다. 만일 충분히 사랑해주고 적절히 뒷바라지하며 늘 존경하는 모습을 보여 실망할 기회조차 주지 않는 부모의 자녀나 제자라면, 성장이나 독립이라는 면에서 오히려 형벌일 수 있다. 부모의 힘을 넘어 개성화라는 힘든 여정을 거쳐야 할 이유가 없을 것이니까. 또 아무리 노력해도 부모를 능가할 수 없다면 그 그림자 또한 만만치 않다. 그래서 성공한 부모의 자녀가 힘겨운 것이다.

밝은 그림자도, 어두운 그림자도 결국 본래 내 것을 다시 내게 가져오는 것이 핵심이다. 한 번 더 강조하건대 투사는 거울을 유리라 착각하는 것이다. 유리라 믿으면 유리 역할을 하는 사람도, 자신으로부터 유리되어 사는 사람에게도 문제가 발생한다. 자신의 빼어남과 좋은 특질을 남에게 양도하고 산다면 이보다 더 큰 에너지 낭비가 또 있을까?

자기계발과 자아 심리학의 그림자

자기계발서가 한동안 크게 유행했다. 마음을 탐색하고 자기 삶을 향상시키려는 열망이 얼마나 강렬한지 반영해주는 현상이다. 하지만 나는 이런 긍정과 희망을 강조하는 모토가 편치만은 않다. '원하는 것은 뭐든 할 수 있다.' '꿈을 꾸면 이루어진다.' '불가능은 없다.' 스스로 긍정적 사고를 주입하고 세뇌하면 밝고 희망찬 미래가 보장될 것처럼 들린다. 긍정적이어야만 할 것 같은 강박도 발동하고, 행복의 대열에서 낙오할까봐 전전긍긍하게 된다.

자기계발을 설파하는 사람들은 몇 단계로 이루어진 방법론을 제시하는 경향이 있다. '10가지 행복법' '99가지 성공 습관' 등 딱 떨어지는 수와 도표로 명쾌하게 정리해서 문제를 진단하고 솔루션을 제시한다. 자아와 내면의 탐색이 한 계단 너머 다음 계단으로 이어져 마침내 정점에 다다르는 정량적인 이벤트가 된다.

자기 긍정과 희망을 강조하는 이런 책들과 텔레비전 프로그램들이 잠시 반짝하다 사라진 데는 다 이유가 있다. 이 프로그램들의 출발점은 인간 정신을 지나치게 단순하게 본다. 마치 고장난 기계를 수리하듯, 제대로 기능하지 않는 부분을 하나씩 개선하다 보면 겉보기도 멀쩡해지고 작동도 잘되고 앞으로는 별 문제를 일으키지 않을 듯하다. 이들이 구사하는 논리를 보면 선함과 악함, 긍정과 부정, 낙관과 비관처럼 흑백이 선명하게 나뉘어 있다. 융은 세상을 바라보는 순진함을 극복하는 것이 발달의 척도라 했다. 진정한 성숙은 복잡다단함과 애매모호함,

그리고 모순과 역설을 견뎌내는 힘을 갖는 과정이다. 긍정과 희망, 밝음을 강조하는 심리학이나 자조 프로그램에는 삶의 모호함이나 복잡성을 수용할 여지가 거의 없다.

또 다른 불편함은 이 모토들이 자아의 관점에만 초점이 맞추어진 데서 온다. '내가 뭘 하면, 내가 바뀌면, 내가 노력하면' '원하는 것은 뭐든 이루어진다.' '불가능은 없다.' 이는 부풀어오른 개구리 배처럼 자기팽창으로 몰고 가는 표현들이다. 인류 역사는 불굴의 의지로 초인적인 노력을 한 영웅들이 세계를 파괴의 도가니로 몰아 간 비극으로 점철되어 있다. '하면 된다'는 신앙으로 무장하고 머리띠 두르고 목청 높이는 사람들이 때로 회의도 하고 조금만 게을렀다면, 제대로 잠도 자고 삶을 즐길 줄 알았다면 얼마나 좋았을까.

자아와 이상에 갇힌 시야를 극복할 방법에 대해 스웨덴 친구가 이야기한 적이 있다. 이 친구는 세상 모든 아이들이 어릴 때 승마를 배울 필요가 있다고 한다(스웨덴은 한국 사람이 태권도나 줄넘기를 하듯 승마가 일반화되어 있다는 점을 감안하자). 그 이유가 흥미롭다. 말을 타보면 세상이 내 마음대로 움직이지 않는다는 걸 가장 자연스럽게 익히게 된다는 것이다. 자기계발이나 자아 강화 심리학은 기수가 허리를 곧추 세우고 다리에 적절히 힘을 안배하면 말은 아무 문제없이 기수의 의도대로 따른다고 주장하는 것과 같다. 실제로 말은 자동차 경적 소리에 놀라 날뛰기도 하고 길에 놓인 장애물 때문에 기수를 내동댕이치기도 한다.

지나친 긍정과 낙관을 이야기하는 프로그램이 불편한 또 다른 이유는 그림자에 대한 가치를 전혀 보지 못한다는 점이다. 그림자를 초대해서 그림자와 직면해 어울리고 춤추는 삶은 관심을 끌지 못하고 그림자를 자아를 위한 수단으로만 취급한다.

유행병처럼 확산되는 '힐링'이라는 말을 들을 때도 비슷한 느낌이다. 대일밴드 처방으로 자아를 강화하는 방식이랄까? 힐링의 본질과 거리가 먼 경우가 대부분이다. '치유하다heal'는 말은 '온전하다whole'와 같은 뿌리에서 나왔다. 어두움과 그림자가 간과될 때 온전함은 점점 멀어질 뿐이다.

그림자가 포함된 온전한 이야기

그림자는 목표가 있다. 메시지, 즉 이야기를 전해주고자 하는 목표다. 그리고 증상은 그림자의 이야기이다. 만약 피상적 긍정이나 밝음을 위해서 증상을 부인하거나 없애고자 한다면 오산이다. 그 뒤에 그림자의 이야기, 즉 영혼의 메시지가 있다. 증상이 나타날 때 고요히 멈추고 오래 버티며 그림자의 이야기를 경청해야 한다.

빛으로 어둠을 몰아내듯, 삶에서 그림자를 배제시킨다면 어둠만이 주는 신비는 어찌할 것인가? 어둠은 삶에 깊이를 더해주는 묘약이다. 진정한 치유나 변형이 일어나는 자리는 언제나 깊은 어둠 속이다. 기존에 알던 나, 지금까지 쌓았던 모든 것, 자아가 꿈꾸는 희망, 밝음, 선함이라는 이상이 산산조각나는 자리가 어둠이다. 여기서 새로운 삶이 시작된다. 나는 이 깊이로 들어가는 두려움의 발로가 과잉 희망과 낙관 프로그램이 아닌가 생각한다. 이제 빛과 계몽의 반대쪽으로 눈을 돌려 건강하고 온전한 이야기를 찾을 시점이다.

알타이 문화권은 이야기를 존중하고 지금까지도 이야기꾼에게 최고의 영예를 부여한다. 알타이 신화 가운데 '카이치 치익 카프라일로프라는 이야기꾼'에 관한 대목이다.

춥고 어두운 겨울이 오기 전에 이야기꾼이 마을로 내려온다. 마을 사람들에게 일곱 날 일곱 밤을 새며 알타이 영웅담을 이야기하고 여드레째 집으로 돌아가 막 잠이 들었을 때다. 천지가 진동하면서 이야기 속 용사가 나타났다. 눈앞에 산채만 한 준마가 떡하니 버티고 섰는데 코에서 새어 나오는 김이 바람을 일으키고 눈은 시뻘겋게 충혈되어 있고 꼬리는 땅을 호령하듯 내려치고 있다. 말 위에 용사가 미동도 않고 앉아 있다. 용사는 벽력 같은 소리로 "일곱 밤 일곱 날 나에 대한 이야기를 한 자가 너냐? 내 영광에 대한 노래를 부른 자가 바로 너냐?" "예, 그러하옵니다." 이야기꾼이 고개를 조아리며 답하자 호령이 떨어졌다. "너의 이야기는 거짓이다. 너는 온전한 진실을 말하지 않았다. 너는 나의 공적을 찬양하고 나의 적을 비웃었다. 나의 승리와 영광에 대해 노래하고 수치스러운 패배와 도주에 대해서는 한마디도 하지 않았다. 내가 적들에게 쫓겨 갑옷과 투구도 버리고 신발도 못 신고 달아나는 모습은 왜 빼먹었느냐? 적이 기습해서 일흔 개의 산과 바다를 넘어 달아날 때 공포에 질려서 간장이 새까맣게 타들어가고 심장이 말라 비틀어진 기억은 왜 빼먹었느냐? 어째서 사람들에게 진실을 감추려 드느냐?"

_ 양민종, 『알타이 이야기』 정신세계사, 329-335쪽

용사의 노래는 패배의 노래가 들어가야 완성이 된다. 우리는 승리만을 노래하는 반쪽 이야기가 온전한 진실이 아니라는 것을 자주 망각한다. 긍정과 희망과 낙관만을 노래하는 문화가 이를 조장한다. 고대 지혜의 전통은 이런 온전한 이야기를 보전하고 있었다. 그래서 이들이 우리보다 덜 병리적이고 영적으로 훨씬 성숙했던 게 아닐까? 만일 이런 이야기를 들으며 자랐다면 지금 나의 모습은 어떻게 달라졌을까? 수치심과 두려움, 후회와 패배에 대해서도 가리거나 덮으려 용쓰지 않고 이토록 '착한 체' '잘난 체' '괜찮은 체' '강한 체' 할 필요가 없었을지 모른다. 두렵기 때문에 용기가 필요하다는 걸 예전에 알았더라면 내 두려움이나 나약함을 사랑스럽게 바라볼 수도 있었을 것이다. 실패가 있으니 승리의 영광도 있다는 걸 진작 알았더라면 실패도 삶의 과정으로 이해했을 것이다. 무엇보다 나 자신과 남을 품는 가슴이 훨씬 넓었을 것 같다.

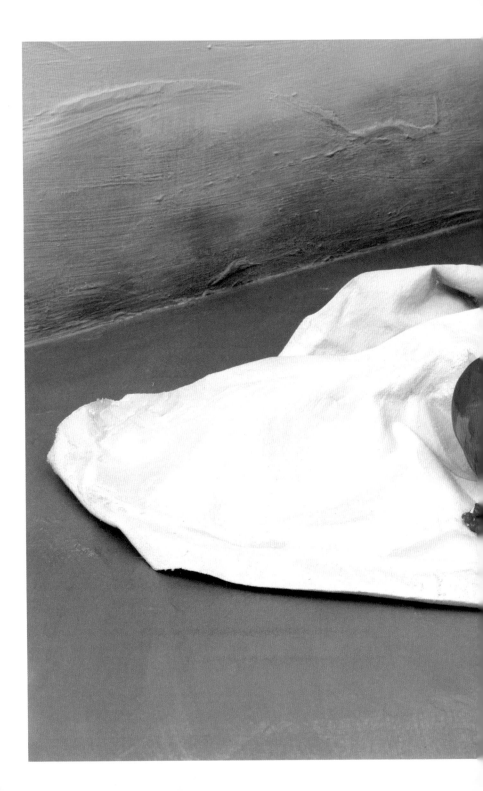

황금 열쇠를 찾는 방법

앞서 소개한 수피 이야기에서 열쇠가 떨어진 자리가 어둠 속이었음을 기억하는가? 이제 어둠으로 눈을 돌리자. 자기 탐색의 문을 여는 황금 열쇠를 찾기 위해 그림자를 만나고 그림자의 소리를 경청할 때다. 덮고 가리고 인정하기 싫은 추함 속에 황금이 있다는 게 과연 맞는 말일까? 만일 있다면 어떻게 캐낼 수 있을까? 이 질문들을 염두에 두고 꿈을 통해서 그림자를 만나 보자. 그리고 그림자의 목표를 찾아보자.

사례 1

거리 축제가 진행되는 꿈이다. 우아하고 기품 있는 중년 여인이 유럽 거리에 있다. 카니발이 진행되는데 이 여인은 길가에 서 있다. 사람들이 이상한 가면을 쓰고 별 야릇한 짓을 하면서 난동을 부린다. 꽹과리 소리가 요란하고 사람들이 무언가를 들고 흔들어 댄다. 갑자기 여인은 위협을 느낀다. 이들에게 잡힐까봐 카페 야외 테라스에 앉는다. 가급적 거리 행렬에 눈에 띄지 않으려 애를 쓴다.

꿈은 이 여인을 평상시에는 절대 가지 않을 법한 자리로 데려간다. 시끌벅적하고 무질서한 난장에 휩싸이는 일은 결코 없을 사람이다. 이 고상한 여인과 질척거리는 야성의 모습은 전혀 어울리지 않는다. 꿈은 이래서 재미있다. 꿈 공식을 다시 한 번 상기하자. 내 안에 없는 것은 등장하지 않는다. 삶이 편향되어 있을 때 반대쪽 극의 이미지를 불러내어 균형을 잡도록 도와주는 것이 꿈의 중요한 기능이다.

이 여인이 지금의 가면을 만들기 위해 노력하는 동안 그림자는 카니발로 상징되는 에너지를 키워왔다. 무료하고 단조로운 삶에 새 활력을 불러일으키려 한다면, 탐색해야 할 광맥은 야성과 원시성이라고 꿈이 말해주는 것이다. 힘이 넘치면서 우아하고, 거칠면서 맵시 있고, 섹시하면서 순결하고, 열정으로 타오르면서 지적이고, 길들일 수 없는 야성이 겸비된 품격이라면 훨씬 멋지지 않을까? 건강하고 온전해진다는 것은 이런 다면적인 부분이 전부 제 소리를 내고 제 모습을 발하는 상태이다. 불가능한 주문으로 여겨지는가?

다음의 경우를 보자.

사례 2

몇해 전 자아초월 심리학의 최고 이론가라고 자타가 공인하는 스탠리 크리프너Stanley Krippner 박사가 방한했다. 철두철미 명철한 논리를 전개하는 분이 아마존 열대 우림 보호를 위해 기금을 모아 땅을 구입하는 프로젝트를 설명했다.

이분 강연에 참석했던 초등학교 교사 친구가 한 말이 한 번씩 떠오른다. 저학년 아이들은 양쪽 입꼬리가 위로 올라가는데 80넘은 할아버지 입꼬리가 아이들처럼 올라가는 모습은 처음 본다는 것이다.

강연을 마친 후 식사 자리에서 '이래서 천진하고 순수한 얼굴을 유지하는구나' 하고 알 수 있었다. 평생 아카데미에 종사한 백인 학자가 오랜 세월 해마다 리오 축제에 참여한다는 것이다. 또 무당이 하는 의례에 참여하기 위해 페루의 정글을 10년씩 드나들었다고도 했다. 자기 얼굴에 책임을 진다고 했던가? 세월의 때와 아집이 덕지덕지 묻은 얼굴이 우리에겐 오히려 친숙하다. 청렴하게 살아온 존경스런 어른들의 표정도 종종 살을 벨 듯 강퍅하다. 철두철미 지적인 탐색에 매진하는 교수가 여전히 천진한 소년의 모습을 지닌 것은 이분이 자신의 그림자를 잘 보듬고 그림자와 백년가약을 맺으며 살기 때문이리라. 아카데미와 원시 정글, 북미의 제1세계와 남미의 제3세계, 이성과 야성이 공존하는 한 사람의 얼굴은 반할 만큼 아름답다.

사례 3

35세 가정주부다. 이 여인은 별 걱정거리도 없지만 그닥 행복하지도 않은 삶을 산다. 사람들에게 큰소리 한 번 내는 법이 없었고 늘 순하다는 소리를 듣는다. 본인이 자신을 묘사하는 이미지와는 달리 뭔가 초조해 보이고 조급하고 화가 많아 보였다. 이 여인이 악몽을 꾸었다.

사나운 개가 쫓아와 물리지 않으려고 도망치다 깼다고 했다. 꿈 작업을 하는 동안 사나운 개는 자신의 공격성과 관련 있다는 걸 알게 되었다. 이 여인이 지닌 이런 에너지는 아주 어린 시절 그림자 속으로 들어가버렸다. 그러니 늘 수동적이고 자신 없고 말 잘 듣는 여자 행세를 하며 살았다. 그리고 그게 자기 모습이라고 믿었다. 작업을 하는 동안 이 여자는 그러한 공격성이 자연스러운 인간의 본성이라는 사실을 받아들였다. 불편한 날것의 그림자를 수용하면서 가능한 일이었다. 그리고 그때부터 오랫동안 억눌려 있었던 지적 세계에 대한 열망도 깨어났다.

만학으로 대학에 들어가 철학을 공부하고 사람들과 토론했다. 자신이 논쟁을 좋아하고 즐기는 사람이라는 사실도 발견했다. 사나운 개로 대표되는 이 여인의 공격성이 여인의 사고력이나 논리력과 함께 그림자 속으로 숨어버렸던 것이다. 만일 수동적이고 길들여진 이미지로 살아간다면 이 공격성은 자신을 공격했을 것이고 타인을 향해서는 수동적 공격성을 발산했을 것이다. 이 여자가 발견한 지적 기쁨과 창조적 에너지는 사나운 개가 촉구하는 메시지를 경청했기 때문에 가능했다.

사례 4

중년 남성의 꿈이다. 장남인 그는 독실한 기독교인이다. 어린 나이부터 가장 역할을 해왔다. 어릴 적 아버지는 집을 비울 때가 많았고, 자신은 장학금을 받아 학교를 다니고 아르바이트한 돈으로 동생들 공부를 시켰다. 매사 동생들의 귀감이 되어야 했고, 이 태도는 성인이 되어서도 지속되었다. 회사에서도 책임감 있고 마음씨 좋은 부장님이었다. 맡은 일을 충실히 하고 이타적인 삶을 사는 우수한 가장이기도 했다. 주변 모두에게 좋은 사람인 이 남성의 그림자는 무엇일까?

꿈의 도움을 받아보자.

노를 젓는 배를 타고 있다. 누군가 함께 타고 있는데 그 사람은 배를 마구 흔들어댄다. 이 가장은 배에서 거의 떨어질 뻔한다. 화가 나서 그 남자를 발길로 걷어 차 물에 빠뜨려버린다.

같은 사람의 다른 꿈이다.

심한 폭풍우가 몰아친다. 파도에 휩쓸릴 뻔한 배가 항구에 정박한다. 나무가 흔들리고 큰 가지가 부러진다. 부러진 가지가 배를 부술 뻔했다.

이 가장은 이런 상황에 전혀 동요하지 않고 빠르게 자기 길을 간다. 손에 서류 가방이 들려 있다. 폭풍우는 몰아치고 남자는 침착하게 가던 길만 간다.

꿈자아는 꿈에서도 평상시처럼 행동하지만 이미 내면 세계는 폭풍우가 몰아치고 감정의 파도가 요동친다. 이 남자는 소년 가장이었고 장남으로서의 책임감에 늘 짓눌려 있었다. 이타적으로 살기를 강조하는 신앙까지 결합했으니 '완벽한' 장남의 모습 아닌가. 이 남자가 희생한 삶은 무엇일까? 아이다움이 발현될 기회가 한 번도 없었다. 내면에서 일어나는 자연스러운 욕망은 일찍이 잠재워졌고 감정, 정서도 희생되고 말았다. 그리고 그 대가로 '좋은 가장'만 남았다. 꿈에 등장하는 이 남자의 걷어차기 일격이 너무 반갑다. '아직 살아 있네!'라는 유행어가 적절한 순간이다.

평온한 삶을 뒤흔드는 꿈, 구축된 질서를 위협하는 꿈이 걱정된다면, 정말 잘 사는 게 무엇인지 질문해보자. 나는 본성대로 사는 게 자신에게도 세상에도 최선이라 믿는다. 본성을 억압하고 환경이 만든 이미지대로 순응하는 게 건강한 삶이라 생각되지는 않는다.

사례 5

40대 남자 이야기다. 아버지와 형이 대단히 엄했고 폭력적이었다. 이 남자는 약하고 무력한 남자를 보면 참지 못한다. 약한 자들을 패배자나 낙오자라 부르면서, 자신은 얼마나 강한지 증명하기 위해 두 가지 전문직을 수행한다. 일 중독에 책임감마저 과도하다. 마흔을 넘기자

에너지가 고갈되는 전형적인 '번 아웃' 증상이 나타났다. 무력감에 시달리며 의욕이 사라지고 탈진한 상태다. 거기에 자신이 약자나 패배자가 될지 모른다는 두려움이 엄습한다. 스스로를 고문하고 산다.

이 상태에서 꾼 꿈이다.

꿈에 폭력적인 아버지가 등장했다. 매를 맞고 있는 동시에 자신은 갓난 아기가 되어 엄마 젖을 물고 있다. 동시에 '한 대요, 두 대요' 하면서 맞는 매를 세고 있다. 이 남자에게 자신 안에 아버지가 있느냐는 질문을 했다. 그 남자는 자신을 아버지와 동일시하며 살아왔다고 대답했다. 강하다고 느끼려고 자신의 약함이나 두려움을 주변 사람들에게 투사해서 폭군 아버지가 자기를 다루던 방식으로 약자에게 가혹하게 굴었다는 것이다. 자신의 취약함을 타인에게 투사했으니 상대가 얼마나 혐오스러웠을까? 상황마다 차이점이 섬세히 고려되어야 하지만 군대 내 폭력이나 왕따의 심리적 배경에도 이와 유사한 기제가 작동한다.

이 남자의 삶의 목표는 아버지처럼 강하고 책임감 있는 남자가 되는 것이다. 거칠고 힘 있는 남자 페르소나로 살아내려고, 폭력이 두렵고 거절을 두려워하는 자신은 철저하게 차단해서 그림자 속에 가두었다.

꿈 작업을 하는 동안 꽁꽁 묶어 두었던 상처와 분노, 자신의 취약함이 드러나기 시작했다. 진정한 힘은 페르소나를 유지하고 자아의 이상을 지키기 위해 방어 능력을 강화하는 것이 아니다. 자신의 취약함과 두려움을 보듬는 것은 최고의 용기를 필요로 한다. 자기 수용은 언제나 방어를 위해서 에너지를 소진하는 것보다 훨씬 생산적이다. 이 사람은 강한 남자로 사는 것보다 자기 수용의 길이 훨씬 편안하고 자연스럽다는

것도 알게 되었다. 그제야 진정 자신이 괜찮은 사람이라 느낀다고
소회를 밝힌다.

집단 그림자의 상징, 세월호

세월호 사건도, 이 사건으로 인한 많은 국민들의 심리적 동요도 여전히
그칠 줄 모르고 표류 중이다. 지금 펼쳐지는 모습은 사고 발발 당시에
예상할 수 있었던 최악의 시나리오를 그대로 따르고 있다. '그냥 덮고
지나가자'가 그것이다. 이 엄청난 희생을 치르고도 덮고 가리기에 급급해
아무것도 배울 수 없다면 얼마나 더 큰 일을 겪어야 정신을 차릴까?

사고가 터지자 나는 '이대로는 안 된다'는 절박함과 '무언가를 해야만
한다'는 책임감에 사람들의 꿈을 채록했다. 무의식이 기억하는 이 사건을
증언하고 싶었다. 그리고 이렇게 절망적인 순간, 무의식의 지혜에서 길을
찾고 싶었다. 그리고 이 사건의 상징적인 의미를 이해하기 위해 세월호
침몰 사고를 우리 사회가 꾼 악몽으로 바라보았다.

먼저 세월호란 말부터 살펴보자. 한글로 세월은 시간의 연속적 흐름을
뜻한다. 이 비극적 사건 이후 세월호 이전과 이후라는 시간의 단절이
일어난 듯하다. 하지만 이 배의 실제 의미는 세상을 초월한다는 뜻이다.
말하자면 이 땅을 버리고 떠나는 배인데, 이 탐욕의 배에 붙인 이름
치고는 아이러니하다.

배가 가라앉으며 선미만 고래 꼬리처럼 남아 있는 이미지를 보고

또 보았다. 무의식의 바다가 수직으로 열려 바다에 커다란 틈새가 벌어진 듯했다. 마치 성서에서 장막이 찢어지면서 다른 세계가 열리는 것과 같았다. 해수면 아래 세상과는 단절되고 수면 위로만 쌓아올린 현대 문명이 과적으로 무너져 내리고 찢겨진 틈새로 무의식이 솟구쳐 올라오는 듯했다. 오랫동안 덮어둔 채 부인하고 망각해온 역사적 사건의 판도라 상자가 열린 것 같았다.

세월호 사건 직후 사람들 꿈에 이리 폭발사고, 광주민주화항쟁, 6.25, 고문 피해자의 기억, 벽장 속에 묻어 두었던 어두운 가족사 등, 이 모든 것들이 한꺼번에 터져나왔다. 다시 한 번 무의식은 '시간이 지나면 잊혀진다'는 우리들의 믿음이 통하지 않는다는 사실을 확인해주었다. 이 땅에 뿌려진 피의 역사는, 애도도 해원도 치유도 하지 못한 채 방치되어 쌓여 있다. 지금 우리는 세월호라는 엄청난 비극 하나를 여기에 보태려고 한다. 그 무게는 고스란히 미래 세대의 몫이리라.

세월호 사건의 원인은 과적이었다. 균형을 회복하는 힘은 이미 오래전에 상실했다. 대한민국호 또한 오래전부터 과적이었다. '잘 살아 보세'를 외치며 GNP 수치를 행복의 지표로 여겨왔지만 OECD 국가 중 최저 행복도, 최고 자살률, 최고 빈부 격차를 자랑하며 더 이상 아이 낳기 두려운 터전이 되었다. '더 빠른 성장과 개발의 신화'는 물신 숭배와 인간의 황폐화를 낳았고 사람의 존엄이나 평화, 공생의 가치는 도외시되었다. 불법 개조로 과적을 일삼은 세월호는 무의식의 바다를 무시하고 의식에만 과적을 거듭한 결과, 균형감을 상실한 우리들의 모습이기도 하다.

사건 이후 대단히 충격적인 한마디는 '선생님 말 듣고 부모님 말 들으면 죽는다'는 아이들의 외침이었다. 절체절명의 순간에도 자신의 본능이 아니라 어른들 말에 순응하라고 강조하는 이 땅의 어른들은 아이들 내면에서 삶의 본능과 야성의 싹을 잘라놓고 이를 교육이라 포장하지 않았는지?

세월호 선장의 이미지에서 가부장의 민낯을 보았다. 팽목항을 드나들던 총리를 비롯한 이 땅의 정치인들은 이 선장과 다를 바 없었다. 자식 잃고 성난 민심 앞에 나서기가 두려워 차에서 내리지도 못하는 것이 가부장의 민낯이었다. 내 자식도 지켜주지 못하는 선장이 우리네 아버지의 모습이었다.

좋든 싫든 가부장적 질서는 이 사회를 지탱해온 아교 역할을 했다고 생각했다. 그런데 적나라하게 노출된 가부장의 모습은 이것이 얼마나 공허한 믿음이었는지 드러내주었다. 이 진공의 자리는 무엇으로 채워야 할까? 권위가 사라졌을 때, 아이들이 스스로 자신의 '아버지' 역할과 자신을 지키는 일 모두를 알아서 해야 한다면 그 무게는 또 어찌하랴.

세월호와 함께 이 땅이 안전하다는 믿음이 증발했다. 내 땅에서 안전하게 정착할 수 없으니 난민이 된 심정이다. 이제 '아버지'가 나를 지켜주리라는 믿음마저 사라졌다. 우리 사회가 길러내야 할, 새잎같이 순수한 아이들이 주검이 되었다. 이 비극을 헛되지 않게 만드는 것은 산 자의 몫일 것이다.

악몽이란 무의식이 보내는 119 전화다. '제발 좀 깨어나라. 이대로 간다면 치명적이다'라는 '세월호 악몽'은 우리 모두가 깨어나기를 촉구한

다. 그리스어로 대파국katastrephein은 전복이라는 말이다. 이는 세상이 완전히 뒤집어지는 상황에서 진정한 나를 발견한다는 의미다. 파국의 의미에 개개인의 깨어남이 내포되어 있다는 그리스인의 지혜를 배울 때다. 이 비극적인 사건을 겪으면서 한 가지 고무적이랄 게 있다면, '내가 지금 어떻게 바뀌어야 하지?' '내 아이들한테 이런 세상을 물려주지 않으려면 나는 뭘 해야 하지?' 스스로 물음을 던지는 사람들이 늘어났다는 것이다.

온 국민이 참여하는 집단 의례가 절실하다. 의례의 본질은 변형transformation이다. 가슴이 꽉 막히는 듯한 체증처럼 남아 있는 이 슬픔과 분노, 절망과 두려움을 마음껏 토해낼 장이 필요하다. '그만 덮고 가자'는 소리가 나온다. 덮는다고 사라지지 않는다. 이 땅에 또 다른 업을 쌓고 소름끼치는 악몽으로 귀환할 것이 자명하기 때문이다. 제대로 굿판을 열어 바다에 떠도는 혼령을 위로하고 예전에는 사느라고 바빠서 울어내지 못한 슬픔과 아픔, 우리의 무기력함도 실컷 토해내야 한다. 다시 힘차게 앞날을 기약하기 위해서라도 의례를 통한 에너지의 변형이 필요하다.

그림자가 열쇠다

밤하늘의 별을 보면서 그림자를 상상한다. 별들을 빛나게 하기 위해서는 어둠이 있어야 한다. 인간 정신의 그림자 또한 칠흑 같은 어둠과 같다.

이 어둠 속에 구원의 열쇠가 떨어졌다. 로버트 존슨은 이를 현대인들을 위한 영원히 마르지 않는 생명의 물이 흐르는 자리라 표현했다. 이 어둠의 자리가 그림자다. 눈을 어둠으로 돌린다는 것은 분명 판도라 상자를 여는 일이다. 그 안에서 대면하기 싫은, 부인하고 억눌렀던 자신의 그림자를 마주하게 됨과 동시에 아직 발굴되지 않은 재능과 치유의 힘, 그리고 놀라운 창조의 에너지도 발견할 것이다. 그림자 작업을 한다는 것은 이 힘과 에너지를 의식으로 길어 올린다는 말이다. 자신의 최상과 최악을 만나는 일은 엄청난 용기를 필요로 하는 일이다. 하지만 편집된 자신을 너머 온전한 자신, 자신의 모습 자체를 만나고자 한다면 반드시 해야만 하는 일이다.

성장하며 세상을 사는 법을 배우는 동안 의식은 자동적으로 본성을 편집하게 된다. 자연히 자신의 일부만 자아로 수용되고 자신도 모르는 사이, 그 반대편에 그림자를 키워간다. 하지만 기억해야 할 사실은 자아의 이상은 진정한 자신을 보듬을 만큼 커다란 그릇이 아니라는 점이다.

생애 초반부가 그림자를 만드는 과정이라면, 그 후반부는 그림자를 의식으로 통합하는 과정이다. 그림자를 만나고 그 세계에 대한 탐색을 시작하려 할 때 가장 손쉬우며 유용하고 안전한 도구가 바로 꿈이다. 소개한 꿈 사례들에서 보았듯, 꿈은 자신으로 하여금 편집된 자신으로 살아가도록 허용하지 않는다. 선하고 밝고 성실하고 책임 있는 자신뿐 아니라 게으르고 놀기 좋아하며 자발적이고 자유로운 자신까지 모두 포함하라고 촉구한다. 착하고 바르기보다 건강하고 온전한 자신이 되라는 것이다.

그림자 작업은 통과의례다. 나이와 상관없이 새롭게 거듭날 자아가 있다는 이야기다. 이 새로운 탄생을 위한 열쇠이자 촉매의 원천이 바로 그림자다. 그런 의미에서 어둠과 그림자는 아직 탐험되지 않은, 자아로서는 가늠할 길이 없는 금광맥이 방치되어 있는 자리이다. 이 어둠의 신비를 맞이하는 통과의례를 치른다면 침묵하던 내면의 소리를 듣게 될 것이다. 비로소 그림자 이야기가 시작되는 것이다.

5

당신의 신화는
무엇입니까?

신화적 힘

신화학자 조지프 캠벨은 오랜 연구 생활을 보낸 후 만년에 자기 삶을 이끌어가는 무언가가 있음을 발견했다. 인간은 일생을 통해 자기 내면에 있는 신화적 힘을 체현하며 산다는 것이다. 신화적 힘이란 우리 안에 살아 있는 지혜이자 초월적 힘이다. '당신이 살아내고 있는 신화는 무엇인가?'라고 융 또한 같은 맥락의 물음을 던졌다.

신화는 마치 공기와 같다. 보이지 않고 잡히지 않지만 삶에 필수 불가결한 것이고 알게 모르게 우리의 삶을 주조한다. 이는 이성과 합리를 숭배하는 현대 사회에서 받아들여지기 어려운 생각이었다. '신화는 없다'가 시대적 모토였기 때문이다. '신은 죽었다'는 선포도 있었다. 이 시대를 사는 우리에게 삶이란 의지와 노력, 신념으로 만들어간다는 주장이 더 설득력을 지녔었다.

볼 수도, 측정할 수도 없는 신화적인 지혜나 힘이 우리의 삶을 형성해간다는 주장은 도전적이다. 우리가 신화를 만들어가는 것이 아니라 거꾸로 내면에 있는 신화가 우리를 통해 발현된다는 이 주장은 현대인에게 치명적인 상처를 입힌다. 하지만 질문해보자! 인간 내면에는 저마다의 고유한 신화가 존재하는가? 만약에 존재한다면 이를 증명할 길은 있는가? 이 지점에 이르면 마치 닭이 먼저냐 알이 먼저냐 혹은 신이 있느냐 없느냐 하는 논쟁에 봉착하는 듯하다. 나는 그런 논쟁은 소모전이라 여겨지고, 경험할 수 있느냐 없느냐에 더 관심이 가기에 신화의 심리학적 측면에 매료된 것이 아닌가 생각해본다. 신 체험이나 누미노제Numinose를 경험한 사람은 신의 현존에 의심의 여지가 없지만 이런 경험이 없다면 의문이 영구적으로 마음 한자리를 차지하게 된다. 분명한 점은 캠벨도 융도 각자의 삶을 통해 자신의 신화를 선명하게 드러낸 사람이라는 것이다. 이들의 삶이 훨씬 더 풍요롭고 모험과 경이로 가득찼음은 의심의 여지가 없다. 여기서는 '있음의 가설'을 전제로 하고, 그렇다면 '어떻게 찾느냐?' 에 집중하고자 한다.

개인의 신화

'개인의 신화'라는 말은 최근에 등장했다. 신화는 본래 집단의 산물이라 '개인의 신화'라는 말 자체가 모순이다. 하지만 한 나라나 한 민족 혹은 인류 공동체를 연결하고, 그 안에서 자신의 위치를 찾으며 삶의 방향감을 회복하는 단일 신화가 더 이상 존재하지 않는 게 현실이다. 그리고 동시에 현대인들이 혼란 속에 살아가는 이유이기도 하다. T. S 엘리엇이 말하듯 우리에게는 깨진 이미지 더미만 남았다. 기존 신화는 죽었고 새 신화는 아직 탄생하지 않았다. 캠벨은 한동안 인류를 위하는 신화는 등장하지 않을 것이라 예견한다. 여기서 신화는 신으로 상징되는 도덕적 척도나 이념으로 보아도 무방하리라. 어떠한 길잡이나 푯대도 '이미 없고, 아직 없는' 이 시대를 살아가야 하는 게 우리의 숙명이라는 것이다.

융은 우리들이 나아가야 할 길을 자신의 삶으로 보여준 사람이다. 그는 프로이트와 관계가 단절된 순간, 젊은 의사로서의 커리어와 열정을 쏟아 탐색하던 이론의 기반도 모조리 와해되었다. 암울하고 절망적인 순간 융은 어린 시절 가장 재미있어 하던 놀이를 생각해냈다. 돌을 모아 성을 쌓고 도시를 건설했다. 날마다 호숫가에서 돌 건축을 하는 동안 무의식이 활성화되고 꿈과 판타지, 비전 같은 풍요로운 상상의 세계가 회복되었다. 자신의 내면을 잇는 다리를 놓자 내면 깊은 곳에 있던 이미지들이 찾아온 것이다. 이 두렵고도 경이로운 세계가 무엇인지, 자신이 무엇을 하고 있는지 의식하지는 못했지만 기록으로 남겨야 한다는 사실만은 직관적으로 알았다. 이 체험에 관한 기록이 후에 무의식의 지도를 만드는 자원이 된다.

위험과 모험으로 가득했던 융의 영웅적 탐색은 현대인이 각자 내면의 신비를 탐색할 때 이들을 위한 지도를 마련해줄 수 있었다. 융은 이 위대한 업적뿐만 아니라 우리가 어디로 눈을 돌려야 하는지 영감을 주는 삶의 모델이 되었다는 점이 중요하다. 융의 삶은 신화 없는 시대를 살아가는 우리가 의미로 충만한 세계와 연결되는 다리를 놓고 그 안에서 자신의 고유한 신화를 찾을 수 있도록 길을 열어주었다.

삶의 태피스트리

'개인의 신화'를 북미 인디언 신화를 통해 들여다볼 수도 있다. 앞서
언급했듯 아이가 태어나 자라서 15살이 되면 부락의 어른들이 아이를
혼자 숲이나 사막으로 보낸다. 아이는 문명이나 공동체의 보호력이
전혀 작동하지 않는 야생의 자연으로 들어가 오로지 내면의 소리에만
집중한다. 척박한 환경과 고독 속에서 내면의 노래를 듣는 것이 수행해야
할 과제다.

이 노래가 바로 개인의 신화이다. 마을로 돌아오면 '자신의 노래'를 알고
있기에 성인으로 환영과 대우를 받는다. 이때 들은 '내면의 노래'에 따라
새 이름이 부여되는데, 성인기의 삶이란 내면 깊은 곳에 잠재력으로
간직되어 있는 자신의 위대한 노래를 바깥 세상에 활짝 펼쳐내는
과정이다.

이러한 공동체에는 자신이 누구인지 파악할 수 있는 지혜가 보전되어
있다. 자기 존재의 이유이자 생명의 불꽃을 찾아 끄집어내는 길이 열려
있는 것이다. 그러니 이 종족의 구성원들은 자기 삶의 의미나 방향을
알고 성인으로서의 첫발을 내딛는다. 주기적으로 거행하는 의례를 통해
방향을 거듭 확인한다. 이들 삶의 주기가 어떻게 완결되는지, 내면의
노래가 세상에 어떻게 드러나는지, 또 이 노래를 어떻게 존중하는지
그들은 끊임없이 옛 이야기를 나누며 공동체 의식에 각인을 남긴다.

나이든 추장이 여인들을 찾아온다. 한자리에 모여 있는 마을 여인들에게
자신의 태피스트리를 짜달라는 부탁을 한다. 그러자 여인들의 노래가

시작된다. 추장의 용맹과 춥고 험난했던 나날들, 그리고 모험으로 가득했던 광활한 땅과 대자연에 관한 노래다. 마침내 태피스트리가 완성되자 추장은 태피스트리에 발자국을 남기고는 먼 길을 떠난다.

길쌈의 신화적 의미가 간직된 곳에서는 어렵잖게 들을 수 있는 이야기이다. 한 영웅의 삶의 업적을 기리고, 종족의 대서사시를 기록하고, 창조 신화를 그려넣음으로써 우주의 의미를 확인하는 것이 길쌈의 의미다. 위 이야기에서 여인들이 노래하는 추장의 일대기가 바로 개인의 신화이다. 태피스트리는 이 노래의 기록이자, 동시에 위대한 추장의 개인 신화를 완결하는 의례이다. 먼 길이란 죽음을 뜻하는 걸까? 공동체를 떠나 지금까지와는 전혀 다른 새 삶의 주기를 시작한다는 뜻일까? 어느 쪽이든 낯설고 먼 여정이다.

통과의례와 삶의 청사진

가설이든 판타지든 이런 이야기들이 공통적으로 드러내는 이미지가 있다. 새 생명이 태어날 때 이 생명은 고유한 신화적 힘과 함께 탄생한다는 것이다. 이를 '운명'이나 '다이몬'이라거나 '내면의 노래' '개인의 신화'라고도 한다. 이 힘은 성장하는 동안 찰나적으로 그 자취를 드러내지만 통과의례를 거치는 순간 온전한 청사진이 드러난다. 존재의 깊이에 간직된 온전한 잠재력, 즉 신화의 힘이 일생 동안 바깥 세상에 펼쳐지면서 삶의 건축으로 드러나는 것이다. 청사진, 내면의 노래, 태피스트리는 결국 하나인 것이다.

위 이야기의 태피스트리는 한 존재의 내면 신비이자 위대함이 일생을 통해 드러났다는 사실을 기억하는 기념비이다. 내적 잠재력과 외적 삶이 씨실과 날실이 되어 안과 밖이 하나로 합쳐지는 표식이기도 할 것이다. 위대한 추장의 태피스트리처럼 전체 그림이 드러나는 순간이 있다. '아, 삶이란 이런 것이구나.' 나는 이 탄성을 제레미 선생님에게서 들었다.

오토바이를 타고 고속도로를 달리다 사고가 나서 정신을 잃어가는 찰나에, 지금까지의 삶에서 일어났던 모든 일들이 낱낱이 생각나면서 하나로 연결되더라는 것이다. 또 갓 태어나 처음 꾼 꿈부터 최근까지 꾸었던 꿈이 영화처럼 눈앞에 펼쳐짐을 보면서 그 순간, '아, 내 삶의 의미란 이거였구나!' 했다는 것이다.

20대부터 근 50년간 자신과 타인의 꿈 세계를 탐색하는 데 헌신했으니 꿈을 기억하는 능력도, 꿈 언어에 대한 감각도 특출할 수밖에 없다. 그러니 내게는 일생 헌신한 삶에 대한 보답이라 느껴진다.

꿈은 존재의 근원에서 밤마다 시도해오는 친절한 말 걸기라 했다. 꿈 말을 경청하다 보면 꿈의 상징들이 신비로운 내면의 심장으로 향하는 길을 열어준다. 영혼의 깊이로 향하는 모험에 기꺼이 '예'라 답하는 일생의 언약을 할 때 내면의 노래는 점차 또렷하게 들린다. 제레미 선생님의 체험처럼 삶의 청사진을 기억하고 이해하는 감각이 열릴 것이다. 경이롭고 아름다운 세상이다. 이 세계와 친해질수록 존재에 대한 감사와 경탄이 절로 터져나온다.

미궁에 갇힌 답답한 현실

현대를 살아가는 우리 마음이 향하는 자리는 내면의 깊이나 자신의 중심이 아니다. 내면 세계는 오래 외면되고 방치되어 대다수에게는 있는지조차 모르는 세계가 되어버렸다. 또 내면에서 샘솟는 에너지와 소통하는 길도 막혀버린 지 오래다. 조지프 캠벨은 현대인이 사는 모습을 만다라 이미지에 비유한 적이 있다.

만다라에는 각종 상징들이 배열되어 있는데 우리 각자는 만다라의 중앙에 위치한다. 만다라는 자연스럽게 우리를 지복至福, bliss으로 이르게 한다. 이는 전체 삶의 여정을 나타내는 도형이다. 이와 대조적으로 대다수 현대인의 만다라는 뒤죽박죽 엉켜버려서 중심을 찾을 수도, 자신이 어디에 있는지 파악할 수도 없다. 현대인의 만다라는 그 안에 갇혀서 괴물에게 잡아먹히고 마는 미궁에 비유된다. 이런 상황을 반추해볼 만한 수피 이야기가 있다.

대저택이다. 주인이 외국으로 떠나면서 하인에게 집을 잘 지켜달라고 부탁한다. 하인은 주인의 명을 받아 집을 돌보고 저택의 살림살이를 꾸려간다. 그러다 서서히 자신이 진짜 주인인 줄 착각하기 시작한다. 저택에 사는 다른 사람들도 그렇게 믿는다. 여러 해가 지나 주인이 돌아와 보니 하인은 새로운 주인 행세를 하고 있더라는 이야기다.

심리학적으로 주인을 자기self라 하고 종을 자아ego로 볼 수 있다. 현대인은 주인이 아니라 종이 저택의 책임자라 믿으며 산다. 가짜 주인이 진짜 주인 행세를 하다가 자신이 주인인 줄 착각하고 사니, 본래 주인이 따로 있다는 사실조차 망각한다. 주객이 전도된 상태니 마땅히 있어야 할 자리가 어디인지, 자신이 누구인지 모르는 채로 산다. 다시 저택의 질서를 회복하자면 하인이 주제를 알고 진짜 주인에게 자리를 내주는 길밖에 없다. 그런데 하인이 호락호락 물러나는 경우는 드물다.

자아가 주도하는 삶의 표징들

하인이 주인 행세를 하면서 가짜 자신으로 살아갈 때 드러내는 증상들이 있다. 진정한 나와 단절이 일어났으니 삶이 늘 공허하고 소외감에 시달리는 것이다. 자아는 정신의 집에서 격리된 작은 공간을 점유하고 있다. 그러니 무엇을 하더라도 신비나 풍요로운 의미와 연결될 수 없다. 이야기의 하인처럼 자신을 속이고 남을 속일 수 있을지라도 마음의 공간은 언제나 비어 있으니 허기진 삶일 뿐이다.

또 다른 증세는 심리학에서 말하는 팽창 상태이다. 앞서 말한 공허함과 닿아 있으나 겉보기에는 전혀 상반된 듯 보인다. 하인이 저택의 주인 행세를 하니 적반하장에 오만불손하다. 미력한 하인은 좁은 시야와 제한된 능력으로 대저택을 다스리자니 자신의 힘을 과장하고 행위에 정당성을 부여해야 한다. 순리가 아니라 통제나 강압으로 살아가니 삶이나 자연에 내재된 진정한 힘은 들어올 여지가 없다. 자신의 지식과 의지로만 군림하려 할 때, 통제되지 않는 세상은 견딜 수 없다. 따라서 타도의 대상으로 간주한다. 자연스레 파괴를 일 삼고 세상을 정복의 대상으로 보며 약자에게 가혹한, 기형적인 영웅으로 살게 된다.

주객이 전도된 이 상황을 바로잡으려면 주인에게 제자리를 돌려주고 주인을 바르게 섬기는 자세를 배워야 한다. 하지만 초월적인 힘이나 종교적인 상징에 겸허하게 복종하는 삶은 자아가 강화된 현대인이 받아들이기는 쉽지 않다. 자아가 버티는 힘이 만만치 않기 때문이다. 자신을 지키려는 방어벽 또한 견고하게 구축된 상태다. 호락호락 자리를 돌려주는 겸손이나 회개의 미덕을 기대할 수 없다. 그렇다고 선조들처럼 단일 종교에 신의 이미지를 투사하고 그 안에서 삶의 의미를 찾을 만큼 기존의 상징 체계가 실질적 힘을 발휘하지도 못한다.

물론 서서히 자신의 내면으로 관심과 주의를 돌리려는 사람들이 늘어가고 있다. 자아의 발달과 함께 개인의 주체성이 강조되는 시대를 사는 현대인인지라, 자기 탐색과 신에 대한 탐구도 각자의 체험을 통해 이해하고 수용하려는 욕구가 강하다. 관건은 주인과 하인이 원활하게 소통할 수 있도록 다리 놓는 방법을 찾는 것이다. 자아와 자기의 화해는 일생 동안 다루어야 할 과업이다.

삶의 튜닝: 자아에서 자기로

마치 악기를 조율하듯, 어떤 시기에 이르면 삶의 주파수를 새로 맞추어야 한다. 이 조율은 하인에서 주인으로, 자아의 삶에서 자기의 삶으로 전환하는 것이다. 이는 삶에 있어서 대전환이자 대혁명의 순간이다. 자아 중심의 삶이란 주인과 소통을 거부하고 주인의 메시지를 사보타주하는 삶이다. 현대인들이 겪는 각종 신경증과 무의미함, 공허감은 결국 튜닝을 자아에 맞춰놓고 살아가기 때문이다. 삶의 중심을 작은 범주의 주인인 자아에서 전체 정신의 중심인 자기로 이동시킨다면 새로운 지평이 열린다. 힌두의 대표적인 서사시 〈바가바다 기타〉에 이 상황을 묘사하는 절묘한 구절이 있다.

힌두 왕자들 10명이 양측으로 갈라져 형제들 간에 전쟁을 선포하는 시점이다. 이때 크리슈나 신이 등장한다. 신은 전쟁을 돕기 위해 특별한 제안을 하고, 왕자들에게 선택권을 제시한다. 한쪽은 인도에 있는 모든 군대와 병기, 재물을 택할 수 있고, 다른 쪽은 크리슈나 신을 택할 수 있다며 양자택일을 하라는 것이다. 힌두 최고의 전사 아르주나가 먼저 크리슈나 신을 택한다. 상대 쪽 왕자들도 자기들이 본래 선호하던 쪽으로 선택이 이루어져서 기쁘다. 양측 다 만족하는 선택이다. 전쟁이 시작되자 크리슈나 신은 최고의 전사 아르주나가 타는 마차의 마부가 된다.

이 구절을 깊이 들여다보자. 자아의 관점으로 볼 때 승리를 원한다면 재물과 병기와 군사를 택하는 것이 마땅하다. 신을 택한 아르주나는 상식적으로 납득이 가지 않는다. 아르주나의 선택이 의미하는 바는 무엇일까? 신은 왜 하필이면 마부가 되었을까?

삶이라는 마차를 신이 이끌고 있다는 걸 안다면 어떤 느낌일까? 힘겨운 상황이 닥칠 때 무언가 해보려 용쓰며 버둥거리는 대신, 신의 뜻에 내맡기게 될 것이다. 신의 흐름에 따르는 삶, 이게 순리고 하늘의 뜻이자

도를 따르는 길이 아닐까? 나이가 들어감에 따라 아르주나의 상식적이지 않은 선택이 지혜로운 선택이라 여겨진다.

로버트 존슨이 강조한 대로 자아는 정보를 모으고 세부사항을 다루는 데 필요한 기능을 할 뿐이다. 결정은 자기의 소리를 들어 그 소리에 따르는 것이다. 삶의 주요한 결정의 순간, 내면의 깊은 곳에서 올라오는 음성에 귀 기울이고 그 흐름에 순응하는 삶의 방식을 택해야 한다. 나는 이러한 삶의 방식이야말로 내 삶을 더 건강하고 지혜롭게 기획할 수 있음을 실감하고 있다.

행동은 수동적으로 경청은 적극적으로

귀를 열고 눈을 깨끗하게 하며 신체의 다른 감각을 예리하게 연마하는 것이 최근 내가 집중하는 지점이다. 행동은 수동적으로, 나를 여는 데는 좀 더 적극적으로! 그리고 나면 늘 바쁜 마음을 잠재우기 위해 가만히 멈추고 내면의 깊이에서 소리가 올라오도록 기다리는 것이 자연스러워진다.

삶에 의문이 생길 때, 질문을 명확하게 만들어 마음에 품고 주변과 내 안에서 일어나는 현상을 지켜본다. 무의식에 의식적으로 튜닝을 하면 오라클 또한 선명해지기 때문이다. 사방에서 답을 들을 수 있다고 생각한다. 감각만 연다면 가능한 일이다. 이때 의미 있는 우연인 공시성도 빈번하게 경험하게 된다.

꿈의 지혜를 구하는 일은 매일 밤마다 내면의 지혜를 듣는 통로가 되었다. 무의식을 존중할수록 기다리는 인내력도 향상된다. 동시에 애매한 상황을 견디는 뱃심도 두둑해지는 듯하다. 무의식의 그림이 드러날 때가 행동할 때임을 명확히 자각하게 된다.

우리가 통제하고 조절할 수 있는, 그 너머에 존재하는 비가시적인 힘과 에너지를 누구는 운명이라고 하고 누구는 신의 손길, 누구는 천사라고 한다. 로버트 존슨은 우주의 그물망slender thread이라는 표현을 즐겨쓴다. 삶에서 가장 필요할 때 전혀 예기치 않은 곳에서 무언가가 일어나는 순간은 마술 같다. 인간의 작품이라 하기에는 너무 절묘하다. 우주가 정확하게 튜닝을 해서 가장 적절한 방식으로 조합을 이루어낸다. 이런 기적의 자리에 있을 땐 그저 감사하다는 탄성만 나온다.

이렇게 특별한 경험을 겪을수록 자연과 우주와 연결된 나의 존재감은 선명해진다. 삶의 구심력 또한 강해지는 것 같다. 이 거대한 드라마 속에서 내 삶을 이끌어가는 일련의 흐름도 보인다.

내면의 소리에 귀를 기울여라

감사함에 눈물을 흘릴 때도 있지만 여전히 눈앞에 펼쳐지는 세상은 슬픔과 절망으로 가득하다. 내 안에서 일어나는 갈등과 관계에 대한 좌절로 실망하고 번민하고 아파한다. 하지만 이보다 더 커다란 힘을 감지할 수 있기에 쉽게 치우치지 않는 균형감을 얻게 된다. 현상 아래 커다란 지혜와 힘이 있다는 사실을 확인하고 그 힘과 연결하는 통로가 열려 있음도 자각한다. 그러니 현실의 무게가 버거워도 잠식되거나 질식하지 않고 삶은 살 만하다는 쪽으로 가닥을 잡게 된다.

꿈은 많은 도움이 된다. 20년째 꿈 공부를 하고 있어도 새삼 꿈의 가치와 지혜가 절실히 다가오는 요즘이다. 세월호 사건과 우리 사회의 작동하지 않는 시스템, 잔혹하고 병리적인 왕따와 군대 폭력들, 눈 멀게 만드는 언론, 빈부 격차, 세계적으로 일어나는 무고한 시민들의 희생이나 전쟁, 동식물의 학살, 기후변화, 방향감을 상실한 정치와 희망 없이 표류하는 사회, 이럴 때 눈을 안으로 돌린다.

길이 보이지 않을 때면, 한 발 물러서서 지혜를 구한다. 무의식의 지혜를 듣고 좁은 자아가 미처 보지 못하는 생명에 내재된 더 큰 힘을 확인하라. 그러면 현실에 갇혀 경직된 마음에 다시 상상의 힘을 불어넣고 열정의 불을 지필 수 있다. 내게 꿈은 힘과 지혜의 원천이다. 신탁을 듣는 자리이고 초월의 세계와 연결되는 통로이기도 하다.

중심이 흐트러져 표류할 때 꿈은 정신의 중심으로 다시 튜닝할 수 있게 도와주고 지혜의 길을 열어준다. 비관적인 메시지를 되풀이하는 대신 무의식 깊은 곳에서 올라오는 다른 메시지를 들을 수 있기에 안도할 수 있다.

나만의 고유한 노래

지나온 삶을 더듬어보면, 삶의 이야기를 이어온 하나의 줄거리가 잡힌다. 꿈을 통해 거듭 되풀이되는 이미지들에서 공통된 신화의 패턴도 드러난다. 아직 '내 삶의 신화는 이거야!'라고 선생님들이 그랬듯 선포할 단계는 아니다. 아직 그림이 선명하지 않기 때문이다. 그렇지만 수많은 우주의 그물망들이 엮어낸 정교한 예술이라는 점은 점차 확연해진다.

나는 내게 주어진 소명의 삶을 산다는 자부심이 있다. 그렇지만 자아가 세운 계획에 따라 불굴의 의지로 목표를 성취하는 삶이 나에게는 오히려 낯설다. 어떻게 꿈을 공부했고 왜 신화를 택했고 어떻게 그런 학교에 유학 갔느냐는 질문을 받을 때마다 엉거주춤 짜임새 없는 답을 한다. 가다가 툭 걷어찬 돌이 내 삶의 방향을 바꾸었고 우연한 만남이 새 길을 열어 주었다. 그러다 보니 지금 이 자리에 있다.

내가 잘 한 일은 재밌는 걸 만났을 때 뒤돌아보지 않고 계산하지 않고 뛰어든 것이다. 이 천진한 자세는 충분한 대가를 치르게 만들었지만 두려움이나 주저함으로 에너지를 낭비하지 않는 삶을 살게 해주었다. 조지프 캠벨이 강조해온 삶의 모토, '지복을 따르라!Follow Your Bliss'를 실천하고 있다. 내 내면의 소리를 따라 사는 건 분명하다.

암실에서 사진을 인화하면 어느 순간 아무것도 없던 백지 위에 영상이 점점 떠오르다 전체 상이 확 드러난다. 나의 꿈과 나를 둘러싸고 일어난 우주의 그물망들이 겹쳐 태피스트리의 패턴들이 언뜻 드러난다. 아직 인화 작업을 마친 사진도 아니고 완성된 태피스트리도 아니다. 지금도 여전히 길을 찾는 여정에 있지만 나만의 고유한 내면의 노래가 있다는 사실은 의심치 않는다. 이 과정에서 가장 중요한 역할을 했던 것이 꿈이었다.

꿈을 통해 삶의 의미를 찾게 된 꿈꾸는 이들의 사례를 소개하겠다. 저마다 고유한 신화를 찾는 데 도움이 될 것이다.

꿈을 통해 만난 소명

직업은 찾지만, 소명은 찾아온다고 한다. 소명과 개인의 신화는 직결되는 이슈임에 틀림없다. 나를 나답게 산다고 느끼게 해주고 가치 있는 삶을 산다는 자부심을 주는 일에 일생 헌신을 하는 경우이다. '내면의 노래'에 귀 기울이는 삶은 소명으로 드러나는 게 아닐까. 나의 소명이 드러났던 꿈이 있었다. 유학을 간 첫 해, 꿈 수업을 듣기 시작하고 얼마 지나지 않아서 꾼 꿈이다.

헬기 탄 손오공이 과수원에서 잘 익은 복숭아를 훔쳐 달아나다

헬리콥터를 타고 복숭아 과수원 위를 날고 있다. 화창한 날씨다. 나무에 복숭아가 주렁주렁 탐스럽게 잘 익었다. 과수원 주인이 아는 사람이라 그냥 달라고 하면 줄 텐데, 그러면 재미가 없을 것 같다. 헬기를 탄 채 손을 내밀어 제일 잘 익은 복숭아를 몰래 따는데 과수원 주인이 도둑 잡으라고 소리치며 막 쫓아온다. 나는 헬기로 줄행랑을 친다.

그룹에서 이 꿈을 나누자 제레미 선생님의 첫 마디가 '너 꼭 손오공 같다'였다. 남의 나라에 와서 보물을 훔쳐 달아나는 이미지가 서역에 불법을 가지러 간 손오공을 연상시켰나 보다. 개구쟁이 짓이 닮았다는 뜻이었을 것이다. 이날 이후 제레미 선생님은 늘 내게 '한국으로 돌아가서 꿈 작업을 해야 한다'고 이야기했다. 심지어 내가 박사과정에 지원할 때, 추천서를 써주시면서도 '나 같으면 한국 가서 꿈 작업을 하겠다'라는 말을 빼놓지 않았다. 이로부터 7년 뒤 학위를 마치고 한국으로 돌아오는 순간에도 나는 꿈 작업이 내 소명이 될 줄은 몰랐다. 꿈 언어를 더 깊이 이해하고 싶어서 신화를 공부했으니 어떻게든 꿈은 내 삶에서 떨어질 수 없는 주제라 생각했지만, 그룹 투사 꿈 작업을 이 땅에 소개하고 확산하는 일이 주업이 될 줄은 몰랐다. 박사과정에 막 입학하고 꾼 꿈 하나를 덧붙인다.

수영장을 탈출해 심해를 유유히 헤엄쳐가는 고래

육지에 붙어 있는 바다 한 모퉁이를 막아놓은 수영장이 있다. 수영장에서 프리 윌리 키코가 높이 뛰어 올라 수영장 울타리를 넘어 바다로 뛰어들더니 유유히 먼 바다로 헤엄쳐간다.

꿈과 신화 공부는 내게 이런 느낌이다. 거대한 신화의 바다로 마음껏 유영한다. '신화가 왜 좋아?'라는 질문을 받으면 나는 끝없는 상상의 바다를 헤엄치는 기분이라 답한다. 인류의 오랜 상상의 꽃이 신화이고 개인의 경우에는 꿈이 아닐까.

내 생에 주제가 된 꿈과 신화를 만난 계기는 우주의 그물망이 작동한 것이라고밖에 설명할 길이 없다. 환경 운동에 관심이 있어 단체에 들어갔다가 매튜 폭스 신부님을 알게 되었고 그분에게 매료되어 그가 재직하는 학교로 유학을 갔다. 거기서 꿈과 제레미 테일러 선생님을 만났다. 꿈 수업 시간에 누군가 우연히 학교 안내서를 주는데 커리큘럼을 보니 일생 배우고 싶은 모든 것이 들어 있었다. 그래서 무작정 그곳만 지원했는데 다행히 입학 허가가 나서 신화를 공부하게 되었다. 일생의 주제도, 소명도 내가 애써서 찾아 나섰다기보다 전체의 기획 속에서 이루어진 느낌이다.

또 다른 꿈을 소개하겠다.

신화와 꿈 아카데미에서 공부했던 어느 치과의사의 꿈 이야기다. 학창 시절 작곡을 공부하고 싶었던 이분은 공부를 잘해서 의사가 되었는데, 몇십 년 지속해온 이 일에 지치기도 하고 의사라는 직업이 진정한 자신의 소명인지 의문을 품던 중이었다.

노인이 돌을 다듬어 삼존마애석불을 만들라 한다

노인이 돌을 다듬어 석상을 만드는 시범을 보인다. 나와 동생이 제자인 셈인데, 그가 넓고 부채만 한 크기의 돌로 만드는 것은 삼존마애석불이다. 돌을 문질러서 닳게 해 만드는 것이라 만들어진 표면에 손가락 자국 같은 굴곡이 매끈하다. 하지만 시간과 수고가 여간 많이 드는 게 아니다…… 노인이 나를 불러 따라오라 하더니 돌과 자신이 그린 산수 작품을 재료로 준다. 깨알 같은 글씨가 빼곡한 삼국시대 문서인데 좌우로 여러 겹이고 한글과 한자가 섞여 있는 왕궁의 관료나 장군의 문서 같다. 내용을 해독할 수 있을 듯해 자세히 보니 모르는 한자라 당황스러웠다.

지하 기공실에 돌 의자와 숫돌이 있다. 그리고 미국 유명 배우가 자기 삶은 이율배반이라고 한다

남자들이 무엇인가에 열중하고 있다. 지하 작업실이다. 천장이 낮고 돌로 된 작은 의자들이 다닥다닥 놓여 있는 열악한 작업 환경인데 기공소라고 했다. 작업용 의자들이 작업대에 여유 공간 없이 바싹 붙어 있어 난장이용 같다. 천이나 쿠션은 처음에는 편하지만 시간이 지나면 새로 갈아야 하나 돌은 불편하지만 내구성이 좋아 갈 필요가 없다.

나처럼 우연한 계기로 소명을 찾은 것과 달리, 의사로 일을 시작해서 자신의 직업이 소명인가 고민하는 케이스다. 수십 년 같은 일을 되풀이하다 보니 진료하는 일에 회의를 갖던 터였다. 그런데 이 꿈을 통해 돌을 가는 지난한 시간과 노고의 의미를 삼존불의 탄생이라는 상징으로 돌아보게 되었다.

그가 환자의 고통을 경감시키고 치료를 위해 수십 년 해온 일은 돌의자가 닳도록 들인 시간과 노력으로 상징되었다. 부처가 중생을 고통에서 해방시키고 해탈하도록 도왔듯 사람들의 아픔과 불편을 없애온 그의 노고는 부처의 수행과 닮았다.

소명은 다가온다고 했던 말을 정정해야 할 것 같다. 이분의 꿈을 보면 어떤 일이든 전심전력 매진할 때 그 일이 바로 자신의 소명임을 깨닫게 된다.

꿈과 개인의 신화

꿈 세계가 개인의 신화를 찾아가는 유일한 길은 아니다. 20년 동안 꿈 공부를 하면서 꿈 세계와 깨어서 하는 활동 세계가 다른 세계가 아니라는 사실이 점차 또렷해진다. 제레미 선생님은 교통 사고를 당해 죽음 직전까지 갔던 순간, 두 가지 다른 버전으로 자신의 생을 엿볼 수 있었다고 한다. 실제 삶의 기억과 꿈으로 이루어진 이야기, 이 두 편의 이야기는 서로 다른 방식으로 전개되는 개인의 신화이자 내면의 노래이다.

그럼에도 꿈을 강조하는 이유는 꿈 이야기가 내면의 소리를 듣거나 전체 그림을 파악하는 데 훨씬 용이하기 때문이다. 잠만 자면 꿈이

다가온다. 꿈에 화답하면 각자 저마다의 노래가 더 또렷하게 들릴 것이다.

점차 내 삶을 펼쳐가는, 그리고 내 꿈을 이끌어가는 힘, 에너지, 그리고 방향이 있다는 확신이 더해진다. 내 안에 씨앗처럼 잉태된 정신의 DNA가 뿌리를 내리고 줄기를 뻗어 잎이 무성해지고 열매를 맺는 것이 삶의 과정이다. 첫 씨앗을 운명이라 부른다면, 움터 나온 운명이 펼쳐내는 드라마에서 나는 누구일까? 전체 그림을 그리는 사람이라기보다 출연자에 지나지 않을까? 아리주나의 마차를 끄는 크리슈나 신의 이미지가 실제 우리들의 삶을 정확하게 묘사해주는 것은 아닐까?

갑자기 제자의 장난기가 발동한다. 제레미 선생님이 오토바이 사고 때 정신을 잃기까지 조금만 더 시간이 주어졌다면, 우리들에게 어떤 말을 해주었을까? 죽다가 살아나는 사고를 한 번만 더 당하고 궁금증을 풀어달라고 부탁할 수는 없으니 '내가 그 상황을 겪는다면'이란 상상 놀이를 할 수밖에 없다.

'눈앞에 주마등처럼 펼쳐지는 일생 드라마와 꿈이 이어지는 드라마는 결국 같은 이야기였어. 나의 노래, 나의 신화를 두 가지 다른 버전으로 이야기하는 거였어.' 이 발칙한 상상을 말한다면 당신이 어떻게 반응할지 궁금해진다.

이런 노래가 있다는 걸 알고 사는 것과 모르고 사는 것 사이의 차이는 무엇일까? 삶이 텅 빈, 아무것도 없는 원자와 분자가 분해되어 흙으로 돌아가는 것이 아니라는 점은 분명하다. 미궁에 갇혀 죽음의 시간이

다가올 때까지 기다리는 신세도 아님을 알게 될 것이다.

아직 전체 그림도 흐릿하고 온전한 내 노래도 다 듣지 못했다. 하지만 거대한 청사진의 드라마가 매우 궁금하다. 나는 운명의 실타래가 짜는 태피스트리가 선명한 모습을 드러내는 그 순간을 기다린다. 그 문양은 얼마나 아름다울까? 내 노래는 얼마나 우렁차게 울려퍼질까?

자주 꾸는 꿈 20가지와
상징적 의미

꿈을 꾸고 무슨 뜻이지? 궁금할 때 의미 파악에 도움되는 힌트가 있다.

가장 보편적인 꿈의 은유적 표현을 익혀 심오하고 풍요로운

꿈 세계를 탐색해보자.

나체로 돌아다녀요

평상시와 달리 나의 생각이나 감정을 사람들에게 과잉노출했는지? 꿈에서 다른 사람들도 나체인 나(꿈자아)를 발견하고 당혹해하는지? 만약 그렇지 않다면 자신은 속내를 많이 드러내어 편치 않으나 다른 사람에게는 크게 문제가 되지 않은 경우이다. 가끔 꿈에 등장하는 군중들이 내가 벗은 모습을 보고 당황해하는 경우가 있는데 이때는 타인들도 그 상황이 불편했다는 말이니 그에 대해 뒷수습을 하거나 가벼운 사과가 필요한 상황이다.

이가 빠졌어요

감당하지도 못할 만큼 많은 일들을 처리해야 하는 상황인가? 내가 이 일들을 주어진 시간 안에 다 처리할 수 있을까? 이는 자신감과 관련 있는 질문이다. '너는 할 수 없어'라는 능력의 문제가 아니라는 점을 명심하라. 일을 줄이거나 우선순위를 정하거나 도움을 줄 사람을 찾거나, 어떤 식이든 상황을 다룰 수 있기에 꿈을 기억한다는 점도 명심해야 한다.

사람이 죽어요

내가 죽든, 옆 사람이 죽든, 자살을 하든, 시체를 보든 다 죽음의 꿈이다. 죽음은 커다란 성장과 변화의 표식이다. 내가 급격하게 성장하지 않았나? 기존의 이미지로는 변화하고 성장한 나의 모습을 표현하기 어려운 상황이기에 그 이미지가 사라지는 것이다. 죽음 중에서도 자살이 가장 특별한 성장의 징표이다. 왜냐하면 이 변화나 성장이 나 자신의 의지와 노력으로 이루어졌기 때문이다.

똥을 못 누어요

볼일은 급한데 변소를 못 찾거나 화장실은 찾았지만 더러워서 들어갈 수가 없는 등 어떤 이유든 대소변을 보지 못했다면 자문해보자. 지금 내 안에서 올라오는 어떤 생각이나 감정을 인정하지 못하거나 표현하지 못하고 있는 건 아닌지? 생각이나 감정도 적절하게 표현하지 못하면 마음에 변비가 걸린다. 꿈을 다시 들여다보면서 '아, 내가 지금 이런 마음이 있구나!' 이해하고 인정해주면 그날 밤 시원하게 볼일 보는 꿈을 꿀 확률이 높다.

파트너가 바람을 피워요

남자 친구가 혹은 여자 친구가, 아니면 아내나 남편이 꿈에서 바람을 피운다? 현실에서 일어나는 상황을 완전히 배제할 수는 없다. 그러나 더 중요한 질문은 '내 내면의 남성성 혹은 여성성이 나를 속이고 있지 않은가?'이다. 꿈에 등장하는 누구든, 심지어 무생물까지도 꿈꾼 사람 심리의 어떤 측면을 드러낸다. 나를 배신하는 내 파트너도 나라는 점을 기억하라.

무서운 사람한테 쫓겨요

'변화를 거부하고 성장에 저항하고 있나? 대면을 피하려고 끝없이 도망 다니는 일이 무엇인가?' 더 이상 도망만 치지 말고 정면으로 바라볼 때라는 걸 꿈은 말해주고 있다. 도망치는 꿈은 죽는 꿈과 연결되어 있다. 회피하던 문제를 직시하면 스트레스를 주는 꿈 상황이 달라진다.

섹스를 했어요

노골적인 섹스가 일어나는 꿈을 꾸면 민망해서 꿈 이야기를 잘 안하려 하지만 이는 꿈 언어를 모르기에 벌어지는 상황이다. 꿈에서 적나라하게 섹스가 이루어지고 오르가슴을 느끼거나 그런 섹스를 시도하는 경우는, 대단히 영성적인 체험이 일어나고 있는 상황이다. 신과의 합일, 깊은 전율, 감동 같은 특별한 체험이 일어나지 않았나 살펴볼 일이다.

신발을 잃어버렸어요

신발을 찾는데 내 신발만 없거나 맨발로 다니는 상황이라면 나를 지탱하고 도움을 주는 기반에 변화가 있는지 돌아봐야 한다. 굳건히 두 발로 땅을 딛고 서려 하나 제대로 된 보호막이 없는 상황이다. 궁극적으로는 삶의 기반에 관한 질문이라 정체성과도 연결된다. '나의 정체성은 무엇인가?' 꿈은 이 물음을 성찰하고 답을 찾도록 촉구한다.

차가 나와요

꿈에 나오는 이동 수단은 다양하다. 탈 것이 등장하면 관계에 대해 질문해보라. 버스, 지하철, 기차, 비행기가 나오면 나와 기관, 즉 본인이 다니는 학교, 직장, 교회와 자신이 맺고 있는 관계를 살펴보라. 자전거나 자가용이 등장할 때는 개인적인 관계에 대한 질문을 해보라. 차가 원활하게

나가는지? 브레이크가 고장났는지? 기름이 떨어졌는지? 충돌사고가
났는지?

물 꿈을 꾸어요

바다, 강, 호수, 우물, 그릇에 담겨 있는 물, 수영장 물 등 다양한 형태의
물은 감정, 정서의 상황을 나타낸다. 물의 색깔이나 깊이, 온도를 자세히
들여다보라. 압도적인 깊이인지? 물에 빠져 허우적대는지? 풍랑이
치는지? 홍수가 났는지? 고요하고 물 표면이 아름답게 반짝이는지? 물이
탁한지? 감정에 빠져 허우적대는지? 감정의 급류에 휩싸일까 두려운지?

불이 났어요

불은 '탄다'고 표현하는 열렬한 감정, 즉 타오르는 화, 뜨거운 열정,
이글거리는 시기, 질투와 연관지어 볼 수 있다. 꿈에 나오는 불 가운데
노출되면 화상을 입거나 뜨거운 불, 무언가를 태우는 불, 그리고 불
속으로 들어가도 전혀 데지 않는 '성령의 불'을 함의하는 불도 있다.

동물이 등장해요

동물은 기본적으로 본능의 에너지를 나타낸다. 동물이 어떤 상태인지?
무슨 동물인지? 본능의 에너지는 생존과 밀접하게 연결되어 있다.
건강하게 살아 있는 본능은 정신적 육체적 영성적 건강의 기반이다.
동물의 생태나 특징에서도 본능에 대한 힌트를 얻을 수 있다.

집이 자주 나와요

어떤 집인가? 집 상태는 어떠한가? 내 영혼이 거주하는 자리가 집이다. 건물 종류나 상태로 현재 나의 상태를 알 수 있는 힌트가 된다. 특히 집은 육체적 건강 상태를 가늠해보는 데도 좋은 실마리가 된다. 페인트가 벗겨진 정도인지? 대들보가 위험한지? 골조가 튼튼한지? 잘 보존된 집인지? 충분히 넓고 아늑한 집인지? 폐허같은 황량한 곳인지?

음식을 먹어요

식당에서 꿈이 전개되거나, 맛있는 음식을 먹는 꿈은 영적인 자양분과 연관이 된다. 음식을 먹으면 아프다는 속설은 아픔 없이 커다란 영적 성장이 일어나기 쉽지 않기에 그런 것 아닌가 추정해본다. 음식을 맛있게 먹는 경우 염려보다는 오히려 감사할 일이다.

군대에 다시 오래요

남자들에게 군대는 통과의례의 장이다. 나이와 상관없이 한국 남성들에게 가장 흔한 악몽인데, 군대처럼 또 다른 통과의례나 그에 상응하는 치열함이 필요한 시점이 아닌지 자문해볼 필요가 있다.

죽은 사람이 나와요

죽은 사람이 등장하면 꿈을 꾸는 동안, '이미 죽었는데 여기 있구나'라고 인식하는 경우가 있는데 이 경우는 사자死者의 방문으로 보아도 무방하다. 그러나 대다수는 여전히 살아 있는 사람으로 인식한다. 이때는 내가 그 사람에게 투사하는 내용이 무엇인지 질문해보자.

예지몽을 꾸어요

꿈에는 언제나 예언적인 층위가 있다. 과도하게 의미를 부여하기보다
자연스러운 현상으로 받아들여야 한다.

날아다녀요

창의적인 사람들이 나는 꿈을 많이 꾼다. 인간이 새처럼 난다는 것은
중력을 거스르는 일인데, 중력이란 그 자체로 그 누구도 자유로울 수 없는
힘이다. 심리에서 중력처럼 작동하는 것은 사회의 인습이나 관습이다.
인습에서 자유로워지는 것은 발상의 전환이니 자연히 창조와 관련된다.

머리카락이 달라졌어요

머리에서 자라나오는 것, 즉 머리카락은 생각을 의미한다. 달라진 머리
모양은 예전과는 다르게 생각하게 된 어떤 내용을 뜻한다. 이때 꿈에
다르게 표현된 헤어스타일을 관찰하면 변화된 생각에 대한 실마리를 찾을
수 있다. 짧은 머리, 긴 머리, 곱슬 머리, 금발, 퍼머 머리, 대머리, 원형 탈모
등등, 각각의 헤어스타일이 일반적으로 뜻하는 바를 떠올려보라. 예를 들어
'백발'로 나오면 흰머리는 지혜의 상징이기도 하고, 연륜의 대한 이미지도
있다. 어린 나이에 머리만 희다면 지나치게 신경을 쓰고 사는지, 혹은
에너지의 불균형은 아닌지도 생각해볼 일이다.

꿈이 전체적으로 어두웠어요, 환하게 밝아요

꿈에서 빛의 특질은 중요하다. 빛은 의식의 밝기를 나타내기에 꿈이 제시하는 내용에 관해 내 의식의 밝기가 어느 정도인지 가늠해볼 수 있다. 따라서 빛의 변화에도 주목할 필요가 있다. 잿빛이나 어둡게 시작하다가 어느 시점부터 밝아질 수도 있고 역으로도 가능하다. 하나의 꿈 안에서 일어나는 빛의 변화는 꿈이 제시하는 문제에 관한 의식의 진화 속도를 가늠해보는 실마리가 될 수 있다.

유현미

서울대 미대에서 학사를 뉴욕대학(NYU)에서 석사를 받았다. 조각과 회화를 거쳐 사진으로 완성
되는 작품을 하고 있으며, 소설과 영상작업을 병행하고 있다.

나의 꿈 사용법 –진정한 나를 마주하기 위한 꿈 인문학

© 고혜경 2014

초 판 1쇄 발행 2014년 11월 10일
초 판 7쇄 발행 2022년 2월 7일
개정판 1쇄 발행 2024년 11월 25일

지은이 고혜경
펴낸이 이상훈
인문사회팀 최진우 김지하
마케팅 김한성 조재성 박신영 김효진 김애린 오민정

펴낸곳 (주)한겨레엔 www.hanibook.co.kr
등록 2006년 1월 4일 제313-2006-00003호
주소 서울시 마포구 창전로 70(신수동) 화수목빌딩 5층
전화 02-6383-1602~3 **팩스** 02-6383-1610
대표메일 book@hanien.co.kr

ISBN 979-11-7213-183-8 03180

- 값은 뒤표지에 있습니다.
- 파본은 구입하신 서점에서 바꾸어 드립니다.
- 이 책의 내용 일부 또는 전부를 재사용하려면 반드시 저작권자와 (주)한겨레엔 양측의 동의를 얻어야 합니다.